刘庆邦 著

陪护母亲日记

河南文艺出版社
·郑州·

作者简介

刘庆邦，1951 年 12 月生于河南沈丘农村。当过农民、矿工和记者。著有长篇小说《断层》《远方诗意》《平原上的歌谣》《红煤》《遍地月光》《黑白男女》等九部，中短篇小说集、散文集《走窑汉》《梅妞放羊》《遍地白花》《响器》《黄花绣》等五十余部。

短篇小说《鞋》获第二届鲁迅文学奖。中篇小说《神木》《哑炮》分别获第二届、第四届老舍文学奖。中篇小说《到城里去》和长篇小说《红煤》分别获第四届、第五届北京市政府奖。长篇小说《遍地月光》获第八届茅盾文学奖提名。获《北京文学》奖十次，《十月》文学奖五次，《小说月报》百花奖七次等。根据其小说《神木》改编的电影《盲井》获第五十三届柏林电影艺术节银熊奖。曾获北京市首届德艺双馨奖。

多篇作品被译成英、法、日、俄、德、意大利、西班牙等文字，出版有六部外文作品集。

刘庆邦现为中国煤矿作家协会主席，北京作家协会副主席，一级作家，北京市政协委员，中国作家协会第五、第六、第七、第八、第九届全国委员会委员。

目录

笔记从此变成了日记（上部）
001

2016年12月8日

—

2017年1月3日

改于北京小黄庄

2000 年

我成了没娘的孩子（下部）

137

2003 年

2017年2月19日
—
2017年3月17日
改于北京小黄庄

附录

我就是我母亲

笔记从此变成了日记（上部）

先说说笔记缘何变成了日记。

对我自己来说，笔记和日记的区别在于，笔记不是每天都记，有感有发现时就记一点，没什么值得记的就算了。我记笔记用的是一种中国煤炭报社印制的小型笔记本，记满一本，换一本再记，攒下的笔记有十多本。日记当然是每天都记，雨天记雨，雪天记雪，一天不落。我记日记用的多是北京市政协发给政协委员的日记本，本子是硬皮，像书本一样大，格距比较宽，很适合随时随地写日记。日记对时间的规定性带有某种强制性质，同时也意味着一种责任，它要求我们守时、守信、守责、守己。如果有一天不记，日记的链条就断了，等于这一天失去了自己。回顾起来我还算可以，自从开始记日记，不管东奔西走，还是生病发烧，日复一日，我都坚持了下来。日积月累，我收获的日记也有了十多本，总字数大约有一二百万字吧。

我是从母亲生病那天起开始记日记的，初衷是记录母亲每天的病情变化和治疗情况，以利于更尽心地照顾母亲，让母亲早日恢复健康。

母亲一生生了六个孩子，存活下来我们姐弟五个。我前面有大姐、二姐，后面有妹妹、弟弟，我排在中间。我们长大之后，大姐、二姐和妹妹相继出嫁，我和弟弟到城里参加工作，又分别在城里娶妻、安家。至此，家里只剩下老母亲一个人。我们家有四间房子，还有一个不小的院子。房梁上的燕子窝犹在，只是小燕子都飞走了，燕子窝成了空窝。院子里的石榴树还长在原地，只是爱摘石榴的孩子们都走了。母亲盼着她的孩子翅膀硬起来，飞走。而她的孩子一旦都飞走了，茫然四顾，她难免感到失落、孤单。为了安慰母亲，我和弟弟都曾把母亲接到城里住过，但老人家老家难舍，在城里住上一段时间后，仍要求回老家，宁可一个人在祖祖辈辈传下来的老宅上留守。

在这种情况下，我为母亲在家里安了一部电话，通过电话和母亲说说话，以和母亲保持经常性的联系。那时我在中国煤炭报社上班，还当着副刊部的主任，打电话是很方便的。说来不怕别人说我有私心，打长途电话不用花自己的钱，我每天都因工作关系给作者打长途电话，顺手给我母亲打一个也不算多吧。只要不去外地出差，每天下午临下班之前，我几乎都会给母亲打一个电话。我国古代的礼仪讲究每天向母亲问安，我打电话的意思与问安差不多。后来母亲对我说，她每天没别的什么盼头，就盼着我给她打电话。能接到我的电话，她吃得好，睡得好，一天都很高兴。如果哪天接不到我的电话，她心里就空落落的，不踏实。一根电话线两头牵，我和母亲对信息的需求是双向的。人说母子连心，儿行千里母担忧，母亲之所以如此，是不是对她的儿子存有一份担忧呢？尽管我什么事儿都不让母亲操心，母亲对儿子的担忧总是不由人啊！村里也有人对我说，有好多次，母亲正在村头和人说话，突然会说：俺儿该来电话了，我得回去接电话，不然的话，俺儿找不着我该着急了。说罢，就赶紧回家去了。

说话到了 2000 年的 4 月 6 日，也就是农历的三月初二。这天北京有大风，吹得黄沙漫漫，空气很不好。我订好了当晚去安徽新集煤矿的火车票，准备以煤炭报记者的身份，去参加一个全国煤矿系统表彰文明矿的会议。此前，我给母亲寄了三百块钱，供母亲到镇上赶庙会用。每年的三月三，离我们刘楼仅有三里远的刘庄店镇上有庙会。庙会很热闹，届时大戏连台，人山人海，堪称展示传统文化的盛典和商品贸易的盛会。除了过大年，人们最期盼的就是每年春天的三月三庙会，连村里的一个瞎子都会被家人用棍子牵着，到镇上赶庙会。母亲只要在老家，每年都会随着涌动的人潮到庙会上赶赶热闹。我给母亲打电话，想问问今年庙会上有几台大戏，是不是还要唱对台戏，并顺便问问母亲，我给她寄的钱收到没有。我连着打了好几次电话，竟无人接听。这是怎么回事？我想，或许是大姐把母亲接到她家去了，因为她家离镇上更近一些。

给母亲打不通电话，大姐家没有电话，我接着给二姐打电话。我对二姐说，母亲不在家，可能被大姐接到她家去了。二姐吃不准，问要不要骑车到刘楼看看，确认一下母亲的去向。因二姐家离刘楼比较远，有十八里路，我对二姐说：先不要去，昨天我还给母亲打电话，母亲一直笑着，声音还很硬朗，不会有什么事。二姐也说到，母亲前一段肚子疼，她炒一些盐，把炒热的盐装进一个布袋里，给母亲暖了暖肚子，母亲说不疼了。

二姐说的这个情况，母亲没有跟我说过。母亲就是这样，对在远方的孩子，她从来是报喜不报忧。前不久，母亲获得了镇政府奖给她的教子有方的奖状，还得了一条作为奖品的床单，母亲在电话里告诉我了。而她肚子疼的事，却一字都没提及。

没能跟母亲通上电话，我心里还是不踏实。

当晚，我乘坐409次列车，车行一夜，早上7点多钟到了安徽新集煤矿。

2000 年 4 月 7 日　星期五　晴

（农历三月初三）

会议尚未开始，一整天都是会议报到时间。我到新集煤矿宾馆住下后，到宾馆后面的小花园里散步、看书。春光正好，用得上“明媚”二字。花园里花木品种很多，桃花盛开，牡丹初绽，柳树绿得很新，还有小鸟在叫，少有的宁静。我坐在柳荫下的石凳上，看完了一本新出版的《书摘》。

晚上，在新集煤矿中学当老师的外甥杨启运来看我，我送给他一本我新出版的长篇小说《落英》。

估计母亲赶完庙会该回家了，我又给母亲打电话。我有了第一部德国出的西门子手机，我是用手机给母亲打的电话。电话打通了，仍没人接。往二姐家打电话，也没人接。我预感有些不好。

没办法，我只好给我们村的支书刘本功家打了一个电话。听到的消息使我大吃一惊，心顿时往下一沉。村支书告诉我说，我母亲生病了，已被我弟弟接走，接到了开封。

随即往开封我弟弟家打电话，侄女说，她爸爸妈妈去老家接奶奶去了，还没到开封。我看了看表，当时已是晚上8点多。

我马上给妻子打电话告知情况。妻子说，弟弟庆喜给她打过电话了，母亲便血，在县医院做了初步诊断，怀疑母亲得的是直肠癌。

这个判断让我难以接受。我心乱如麻，无心跟外甥说话，觉得会议是不能再参加了，得马上到母亲身边去。

我马上去找报社的马社长请假，当说到母亲生病了时，我听见我的声音有点发哽，眼泪差点流了出来。请假获准，我又去找参会的平顶山煤业集团的吕书记联系车，让他派车送我去开封。

2000年4月8日　星期六　晴
（农历三月初四）

上午将近9点，两个司机和我从新集煤矿出发，过阜阳、亳州、商丘，然后经过宁陵、民权、兰考，下午3点半，才到了开封弟弟家。

见母亲在床上躺着，面色发黄，双眼塌陷，显得很瘦弱。

我跟母亲说话，安慰母亲，说人吃五谷杂粮，都免不了生病；生了病咱去医院治就是了。

2000年4月9日　星期日　晴
（农历三月初五）

弟弟跟医院联系过，星期天医生不上班。母亲在家休息，我陪母亲说话。

母亲没有再便血，精神状态比较平静，中午

吃了一碗弟妹做的汤面条。

2000 年 4 月 10 日　星期一　晴
（农历三月初六）

我的习惯是早起，一大早起床到户外转了一圈。夜里下了一场小雨，空气湿润。春色正好，油菜花开了，麦苗青碧。

看见不少藕田，去年的藕尚未刨出，枯秆败叶下面正发出尖尖的小芽。

有人在藕田里刨藕，刚刨出来仍很新鲜。藕上沾满了黑色的污泥，露出雪白的藕瓜子。

藕是个奇特的东西，别的东西一沤就烂了，而藕不怕沤。

有人在一条名叫清水河的小河里摸河蚌，还捉住一条小水蛇，提在手里玩来玩去。他一手捏住蛇头，另一只手的手指触在蛇嘴上，意思要看看小蛇敢不敢咬他。小蛇没有张嘴。小蛇原来是很弱小很可怜的东西。

有人在河边钓鱼，钓到的青鳞鲫鱼养在水盆里。有人捏住鲫鱼背上的鳍，想把鱼提起来。鱼总是奋力挣脱，颇具爆发力，让人禁不住将手缩回。人明知鲫鱼并不可怕，还是免不了把手猛地缩回去。

吃过早饭，我和弟弟打出租车，送母亲到开封市第一人民医院检查。

2000年4月11日　星期二　晴　有风

（农历三月初七）

母亲住院第一天。

在医院做检查，需楼上楼下跑。虚弱的母亲无力气上楼，弟弟背着母亲爬楼梯。先到肛肠科检查。这个科的检查比较特殊，让母亲很是为难。但人生病了，有什么办法呢！

初步检查，医生认为百分之九十的可能是直肠癌。医生给了三瓶开塞露，说用过一小时后，切片化验。这又让母亲非常为难，医院的过厅里人来人往，开塞露怎么好意思用。没办法，弟弟找了一个熟人，要了一间诊室，并把弟妹王燕叫来，帮母亲使用。

母亲说，她年轻时参加男劳力组干活儿，为避免解手，连稀饭都极少喝，怕在旷野地里没地方去厕所。母亲还说，她生过六个孩子，生每个孩子都是自己接生，接生时从没点过灯，都是因为害羞。

实施切片的是两个男医生，他们拿来不少不锈钢医用器械，很是吓人。切片时间也比较长。

我们虽然很心疼，也只能忍着。人生了病，在医生眼里跟医疗器械差不多，只能听医生摆布。

做完切片后，我为母亲办了住院手续，交了一千元押金。住的病房在八楼，病床号为806。

接着医生又给开了胸透、B超、心电图的检查单，还有尿检、大便检的单子，逐项检查。

心电图不太好，有阻滞现象。B超检查了肝、肺、脾、肾、胰、子宫等，都正常，说明癌细胞没有扩散。

当晚，弟弟从家里拿来一张折叠钢丝床，还有被子。我打开钢丝床，睡在母亲脚头，日夜陪护母亲。

病房里共八个床位，都住满了，病号得的多是肛肠病。半夜，有病号说梦话，声音很大，像是和别人吵架，把同室的人都惊醒了。

2000 年 4 月 12 日　星期三　晴　有风

（农历三月初八）

一大早，外面传来清真寺里用大喇叭诵经的声音。医院里种有泡桐树，树上开满了淡紫色的花，空气里弥漫着甜丝丝的花香。

我带母亲下楼去吃早点，母亲喝了一碗八宝粥，吃了一个茶叶蛋和一根油条。弟弟用保温桶给母亲送来了豆腐脑。

9 点半左右，妻子姚卫平来电话问情况。我告诉她，母亲已住院，可能要做手术，我短时间内不能回京，家里的事让她多操心。

母亲在床上半躺着，跟我讲过去的事情。说过去没有化肥，种庄稼全靠粪当家。说我父亲拾粪很上心，每天夜里都起来两次，到外面拾粪。村后有一棵白桑葚子树，有猪去树下吃掉落的桑葚子，边吃边拉。父亲瞅准时机，有时一次就能拾到一筐粪。父亲勤劳，我家的庄稼就长得好，打的粮食多。因此，我爷爷不愿参加互助组、合作社，被村里人视为落后，跟不上潮流。

母亲说到我三爷。三爷有一次往生产队里交粪挣工分掺假，被队长发现打了折扣，多除了土。三爷不干，跟队长吵架、骂架。队长告给了三爷的儿子刘本堂叔。刘本堂也是队里的干部，要开社员大会批斗三爷，让三爷在会上斗私批修。已经七十多岁的三爷面子上过不去，用草绳捆起铺盖卷出走了。母亲奉命去追三爷，追了二十多里路，才把三爷追上了。三爷说他反正不想活了，路死路埋，坑死坑埋，死到哪里算哪里。母亲反复劝说，才把三爷劝回家。

母亲胸片出来了，肺上有钙化点，问题不

大。

弟弟到医院来了，送来了几个鸡蛋，还有给母亲洗的衣服。弟弟让我回家休息一下，我说先去看看切片的化验结果。化验的结果：纤维性恶变。治疗的办法只能是尽快做手术。

近午，弟弟的几个同事和朋友到医院看望母亲，有吴广浩夫妇、孙富山、袁天忠等人。

邻床的一位老太太，也是直肠癌。她生有三个女儿，没有儿子。三个女儿每人凑一千块钱，给老太太看病。老太太听说要开肠破肚，嫌手术太大，花钱太多，坚决不做。老太太的样子一点都不悲观，该说说，该笑笑。女儿要带她出去玩玩，去相国寺照相，戴凤冠霞帔。老太太一口拒绝，说玩火龙也不去看，一分闲钱都不花。

下午，刘本堂带他的儿子来看母亲。

母亲讲以前穷的时候，啥东西都往肚子里填，连棉籽都吃。用石头做的碓窑子把棉籽砸碎，掺一点面，捏成棉籽窝头，团成棉籽丸子，擀成棉籽面片，一嚼一硌牙，扁扁就咽了。棉籽不是轧花机轧出来的，是成半夜用手一点一点剥出来的。剥出的棉花交给队里，留下棉籽自家吃。

2000年4月13日　星期四　晴　大风
（农历三月初九）

昨夜大风，呼呼作响。我早晨5点多就起床了，把折叠床收起。母亲不谈她的病，她或许不知道自己患的是重症，或许心知肚明，故意回避。

母亲说到，她身上曾长过两次大疮。一次是小时候，大疮长在胸口。姥爷带她去看病，要背靠背背着她。先生看过后，说小闺女没法治了，给她准备个匣子（小棺材）吧。姥爷把她背回家，把她放在一个柴草垛上，让她等死。她不愿死，张着大嘴狠哭狠哭，结果把自己哭活了，没有死。第二次是我小的时候，母亲的大疮长在腿盘里。大疮成熟后，请先生用针挑开，脓水流了半盆子。母亲天天吃一种叫缠丝丸的中药解毒，那种中药主要是蒲公英做成的，泡开一股子青气。

母亲的意思我明白，她长过两次大疮都好了，这次生病也会挺过去。

母亲讲她过去参加男劳力干活儿，冰天雪地都不闲着，有雪往地里抬雪，没雪到河里破冰，把冰块子往地里抬。男劳力干一天活儿可挣十分，母亲干一天活儿只能挣八分。早上若不出工，要扣去三分。

弟弟通过熟人小楚，找到外科主任赵同胞。赵主任认为，还要对母亲的结肠做进一步检查，看看结肠上有没有病变，如有的话，要一块儿切除。弟弟向赵主任提出，能否给母亲调换一间小一点的病房。一个病房住八个病号，加上陪护的家属，太吵闹了。赵主任说的确没有小病房。

母亲说到我们村的一个哑巴，在挖河工地上抬泥筐，和别人比赛，累得背上长大疮，病了好长时间。哑巴一辈子没娶到老婆，孤苦伶仃。

临死前，哑巴想吃点红糖，指着土往嘴里捂，但没能吃到。哑巴死后，他哥给他做了一副极薄的棺材，要不是用绳子捆着，有可能会散架。

给煤炭报社的总编辑田玉章打电话请假。田总编很是通情达理，让我只管好好照顾母亲。

我还有一个堂叔叫刘本成，母亲说，本成叔知道自己得了食道癌，是喝药自杀的。他死得很平静，很从容。天刚下过雨，他死前把院子里的水洼子都用干土垫了垫，免得他的儿子们给人磕头时跪在水里。

2000 年 4 月 14 日　星期五　阴　预报有雨

（农历三月初十）

今天医生让母亲喝糖盐水，清腹，以便做肠镜检查。母亲喝了一瓶甘露醇，还喝了两瓶葡萄糖生理盐水。母亲拉了五次，后来拉的都是水，人显得很虚弱。医生应我们的要求给母亲输了两瓶水。

下午 3 点多，医生为母亲做肠镜检查。之后，医生让我和弟弟看检查过程的录像带，录像很清晰，肠道像地道一样。结果是，结肠没有问题，没发现病变。

母亲又可以吃东西了，晚饭吃了一个鸡蛋、一碗小米粥，还吃了两根香蕉。

母亲知道我业余时间爱写点小说，精神稍有好转就给我讲过去的事。母亲讲，过去染布没有颜料，种一种叫靛的植物。把靛棵子割下来，在水缸里掺上石灰泡，泡烂再用扫帚疙瘩捣，叫打靛。靛的蓝颜色沉淀，变成稀糊状，就可以染东西了。染出的布叫毛蓝布。

母亲讲，以前我们村有一对双胞胎男孩，叫大炮、二炮，也叫大坠、二坠，长得一模一样。大炮的老婆撺掇丈夫，让丈夫到兄弟媳妇那里试试，看看兄弟媳妇能否把大炮认出来。大炮来到兄弟媳妇的房间，兄弟媳妇没有认出他是大炮。等二炮回去后，二炮要做，媳妇说你刚做过怎么还做。二炮说，没有呀！事情就露馅了。二炮的新媳妇上吊自杀了。（这个故事日后说不定可以写成一个短篇小说。）

2000 年 4 月 15 日　星期六　晴好

（农历三月十一）

我早早起来，趁母亲还在睡，下楼甩甩胳膊踢踢腿，活动一下身体。

母亲早上吃了一个鸡蛋，喝了一碗小米稀饭。

上午 8 点，开封市政府焦副秘书长和吴广浩到医院病房看望母亲。

医院门前有一条小街，街上不少卖小吃的。我给母亲买了两个肉包子，母亲不想吃。

中午弟弟到病房陪护母亲，我到弟弟家换了换衬衣。 此间弟弟的朋友刘新福、高树田去看望母亲。

下午，在开封工作的大姐的女儿孙艳梅，还有妹妹的儿子王东伟到医院看望母亲。 弟妹王燕和侄女刘佳佳也去了。

给二姐打了一个电话，把母亲的治疗情况给二姐说一下，让二姐放心，不用挂念。

当晚，在开封教书的外甥王东伟在病房替我陪护母亲。

2000 年 4 月 16 日　星期日　风和日丽

（农历三月十二）

早上 7 点，我和弟弟庆喜一块儿到医院，给母亲买了小米粥、烧豆腐、鸡蛋，母亲吃饭正常。

我到附近的新华书店看了看，买了一本河南文艺出版社出版的“中原作家丛书”之一的《刘庆邦小说自选集》，封面印有我的照片，书做得挺好的，有将近四十万字。还买了一本《民国匪患录》。

母亲听我说买了有关土匪的书，马上对我讲了一个土匪的故事。一个土匪刚吃了面条，从土匪窝子里出来。邻村人发现了他，大喊一声，把他包围起来。村民们用红缨枪朝土匪乱扎乱戳，把土匪身上戳得像筛子眼一样。土匪肚子里的面条还没变色就流了出来。

母亲还讲了我们村一个人打劫的故事。那个人夜间在瓜园子里看瓜，一过路男子到瓜庵子里借宿。看瓜人见借宿人身上有钱，就把借宿人掐死了，从死者身上弄出二十多块钢洋。看瓜人把死者的尸体绑在一只长条板凳上扛着，抛到了一座桥下。桥下是干坑，死者暴尸多天，好多人去看。

上午，王燕的三姐、三姐夫、五妹和小惠，都去医院看望母亲。

母亲说，我们村有一个人名字叫骚，外出未归，只把老婆卞凤兰留在家里。骚有一个堂弟叫刘敦远，跟卞凤兰好上了，导致她怀孕，生了一个小孩，溺死在水盆里。卞凤兰趁着夜色，端着水盆假装到坑边洗衣服，悄悄在坑边挖了一个泥坑，把小孩放进去，上面糊上泥巴。几天后，小孩发了，被尖鼻子的狗扒了出来，是个男孩，挺胖的。刘敦远看见了，用铁锨把小孩铲起来，端到坑外边的高粱地里，挖个坑埋了。后来卞凤兰改嫁到城关。

还有秃户、李玉兰、四老头、刘敦恒、人样子、梁老婆、四娃等，男女关系错综复杂，我都理不清头绪了。总的来说，男女之事大庄有，小庄有，庄庄都有；以前有，现在有，啥时都有。

2000年4月17日　星期一　晴
（农历三月十三）

母亲住院一个星期了，手术日期尚未确定。

早上，给母亲买了一碗豆米粥和两个素包子。母亲只吃了一个包子。

查房医生给母亲开了一点口服药，说还要对母亲的心脏进行会诊。

中午，王燕的大哥、大嫂，还有大嫂的妹妹来看母亲，带了两大塑料袋鸡蛋，有二十多斤。

我去街上吃饭，要了一碗羊肉烩面。我一闻，一股臭味，我只吃了一口面就放下了。我付了饭钱，让他们不要再卖了。又到另一家饭馆吃了碗米线。

2000年4月18日　星期二　阴

（农历三月十四）

夜里刮大风，到早上开始下雨。

早6点起床，从八楼窗口向南望去，满城白花。远看以为是杏花，其实是桐花。几乎每个院子里都有桐树，树的花朵很大，远看一树白。

到弟弟家洗了一个冷水澡。

母亲的手术定于明天，弟弟交了五千元押金。

开封古城，早上可闻鸡鸣。一天到晚，走街串巷的叫卖声不绝于耳。卖青菜的居多，还有卖花生油的，卖麻花的，卖榆钱窝窝头的，不一而足。像这样游动叫卖声甚多的城市是不多见的。

母亲讲，三奶奶的儿子刘本堂，原来有一个童养媳。童养媳罗完面，把丝底罗挂在枣树的树杈上，掉在地上摔崩了。三奶奶撕住童养媳右边的腮帮子，打左边的脸；左边的脸打红了，再撕住左边的腮帮子，打右边的脸。三奶奶把人家打得这样厉害，还不许人家哭，让人家憋住。

童养媳不大一点就挑水、做饭。童养媳到瓜地里掐菜叶子，见瓜地里有不少熟瓜，她一个都不敢吃。

村里有一个男孩子叫油锤，嘴馋，光想吃肉。他姐到地里薅草，逮癞蛤蟆烧烧给他吃。癞蛤蟆长得很大，像碗一样。油锤吃癞蛤蟆吃多了，中毒了，眼睛肿得睁不开。他去看新媳妇，得让他姐帮他把眼皮扒开，他要看看新媳妇的头发辫子长不长。时间不长，油锤就死了。

中午，弟弟的朋友李树友送来一盆正开的鲜花，鲜花丛中有一个纸牌，纸牌上写的是祝母亲早日康复。李树友是一个小说评论家，他为我的小说写过评论。

下午，母亲到妇科门诊室为手术做准备。

晚饭后，母亲到病房肛肠科为清肠做准备。

2000 年 4 月 19 日　星期三　晴

（农历三月十五）

早上 5 点 30 分，值班护士喊母亲起来灌肠。连灌了三次，肠子还不太干净，还得继续灌，要灌得把肠子变成水管，灌进水排出水为止。

母亲不想灌了，说肚子里早就什么都没有了。 母亲是个自尊心很强的人。

8 点 30 分，母亲被医护人员插上胃管和导尿管，抬上手术室推过来的带轱辘的床，要往手术室推。

插胃管时，母亲很难受，干呕。

母亲拉住我的手不愿松开。 我觉出母亲的手在颤抖，心里酸得很，眼里也有些辣。

母亲在这种情况下还在为我操心，问我早上吃饭没有，让我去吃饭。

焦会学副秘书长来了。手术由外科主任赵同胞主刀。

手术前，我作为母亲的长子，在医院提供的三份协议书上签了字。我在其中一份协议书上签的是：完全相信院方的良好愿望、人道主义精神和医务人员的技术水平，同意手术，郑重拜托。并在输血和麻醉单上分别签上我的名字。

我们在手术室外面的走廊里等，都到中午 12 点了，母亲的手术尚未做完。其间手术室传出消息，母亲在清醒的状态下，可能有些紧张，导致血压升高，高到二百多，麻醉由局麻改为全麻。

手术前，护士让我把母亲戴的金戒指、金耳环都取了下来。手术期间不让戴这些金属制品，身外之物。

弟弟决定，等手术之后，请主刀大夫和参与手术的医务人员吃顿饭，以感谢他们付出的辛苦。

吴广浩、王希亭、高树田，还有王燕二姐的丈夫，都在楼道里等。

庆喜昨天接到通知，市委组织部部长找他谈话，拟调他到开封市人民政府驻郑州办事处任主任，兼任市政府副秘书长，行政级别由副处级升为正处级。母亲生病，弟弟升官，有忧也有喜。

直到下午1点钟，母亲才从手术台上下来。

母亲脸色苍白，头发纷乱。我和弟弟赶紧迎上去，接过推车，把母亲推进监护室。

手术后，医生把从母亲身上切下的部位给弟弟看了。

到了监护室，母亲其苦万状。母亲身上插着七八个管子，有输血管、输液管、胃管、心电图管、导尿管、导污血管，还有镇痛泵管，管子多得像蜘蛛网一样。

母亲两眼闭着，眼睛深陷，说冷、冷，全身发抖，心情烦躁，挣扎着像是要摆脱那些管子。我一手抓着母亲的一只手，一手捂着母亲的脑门，安慰母亲：娘，娘，我在这儿，手术很成功，很顺利。

母亲又嚷疼、疼。我说，娘，一会儿就不疼

了，有我在这儿，您什么都别怕。

母亲说：回家，回家！

我说：好，一好咱就回家。

母亲稍停。我看着蜷缩成一团、瘦小得像个孩子一样的母亲，禁不住悲从中来，泪流满面。

王燕递给我一些纸巾，我泪水涌流，一会儿就擦了一堆。

渐渐地，母亲安静下来。

我去为母亲买了一张海绵床垫，让护士帮着垫在母亲身子下面，床才不那么硬了。

2000年4月20日　星期四　大风

（农历三月十六）

这会儿是凌晨3点半，外面大风呼啸，把楼上一个巨大的横幅刮了下来，哗哗作响。向窗外望去，一轮模模糊糊的圆月静静地挂在西边天上，秦时明月汉时关，使古城开封显得更古老。

此时，母亲睡在监护室里，已经入睡。和我

一块儿陪护母亲的弟弟也眯上了眼。一切都静静的。我睡不着，记下这么几句。

我父亲 1960 年去世，母亲为了多挣工分，养活我们兄弟姐妹六个，跟男劳力一起干活。饿了，母亲给我们做吃的；冷了，给我们缝衣穿。风来了，母亲为我们遮着；雨来了，母亲为我们挡着。在我们心目中，母亲是那样的强大。现在母亲老了，病了，成了一个弱者。俗话说养儿防老，现在正是用得着我们的时候，该我们照顾母亲，在母亲的病床前尽孝心了。

母亲动了一下，醒了，一醒就要起来小解。我跟她说过，有导尿管，尿会自己流出来。母亲显得很焦躁，说尿在床上怎么办？我说不会的，身上连着这么多管子，您没法儿起来。有一阵，母亲喊着要先生（母亲习惯把医生称先生）来，说再不来她就要死了。还说，要是让人家知道，两个儿子在跟前，不叫先生，干等着死，人家还笑话哩！

我只好去叫医生。医生对母亲说，没事儿，

睡一觉就好了。

一大早，王燕过来了。我和弟弟整夜坐在病床前守护，都有些疲惫。我回到弟弟家睡了一会儿，起来喝了点水，打出租车来到医院。

母亲从监护室转移到另一间病房，是个单间，只有两张病床，带卫生间，还有沙发，相对安静，条件好多了。

听说大姐明天要来，母亲的精神有好转。

母亲转移到一个有两个床位的房间时，我以为另一个病床不会安排别人了，晚上我可以睡到那个空着的病床上。床本身没有病，我不忌讳睡病床。

不料又安排进来一位本市的老太太，呼啦跟进一屋子人，男女老少都有，把病房填得满满的。老太太犹嫌不够热闹，说谁谁怎么还没来呢，又说谁谁谁也会来看她。看来老太太是一个有福的人，也是一个俗人。俗人和文明人的区别在于：前者渴望别人的关心，后者害怕过多无关的关心；前者没有自己的世界，后者有自己独立的世界；前者靠别人活着，后者靠自己活着；前者喜欢别人包围她，喜欢热闹，后者喜欢远离人群，喜欢安静。

老太太喋喋不休，一再嚷疼，还大声说：我不能死，我还得等着见重孙子哩！

2000年4月21日　星期五　晴

（农历三月十七）

天气热起来，闷热。我和弟弟在病房轮流值班，守护母亲。弟弟值前半夜，我值后半夜。

母亲多次要求起来小解，还要起来大便。我告诉她现在没有大便。还没告诉她直肠改道的事。

给母亲输水到晚间11点。

上午9点左右，妹妹刘艳灵和妹夫王锦民来医院看母亲。

晚上，那个喜欢热闹的老太太搬走了，病房没有再安排其他病人。妹妹留下来，和我一块儿照顾母亲。夜里11点，我们就熄灯休息。母亲一夜安静，我总算睡了一个好觉。

2000年4月22日　星期六　晴

（农历三月十八）

趁妹妹在医院陪护母亲，上午我到弟弟家洗洗衣服。

陪护母亲期间，我除了抓空子记点日记，创作是谈不上了。这期间，得点时间我就看会儿书，看了君特·格拉斯的《猫与鼠》、李锐的《旧址》、刘恒的《乱弹集》。君特的小说我没看出好来，无趣。

给二姐打了一个电话，说说母亲做手术及手术后的情况。二姐生病发烧，最高烧到三十九度，打了吊针，烧才退了。

大姐家没电话，无法联系。听说大姐也生病了，拿了一服中药，刚吃了一次。

晚上王燕备了几个菜，我和弟弟喝了几杯弟

弟用枸杞、人参等泡的药酒。一是祝贺母亲手术成功，转危为安；二是祝贺弟弟仕途升迁。几杯酒下肚，我对弟弟、弟妹说了几句话：我们从病魔手里把母亲抢回来，精心伺候母亲，当然是对母亲养育之恩的回报；同时，也是为我们自己心安，以免以后愧悔。弟弟和弟妹都同意我的说法，表示一定好好伺候母亲。我还说，我们就是力争创造一个奇迹，使得了癌症的人照样能存活。

我们那里有一个观念，一说得癌症，人就不行了，不必治了，吃点好的就行了。实际情况不一定是那样，有的人得了癌症，经过治疗，活一二十年的都有。

下午等车去医院，偶遇一事。一位穿戴整齐的母亲，领着自己初长成的儿子，像是外出去参加一件喜庆的事。打出租车时，儿子先上车，坐后座，母亲后上车，坐副驾驶位置。母亲上车前猛关车门之际，儿子的一只手还扶在车门的门框上，被挤住了。只听一声惊叫，儿子疼得下车乱蹦，蹲下，再跳起来乱蹦。看手，手指已是鲜血淋漓。他一手捂了伤手，手足无措。母亲指责儿子怎么搞的，又说看来去不成了。儿子大怒：还不赶快送我去医院！

车门如刀，她儿子的手指虽未切断，至少是骨折了。这突发的事故好不让人惊心！我过去看，一些人也过去看，对那受伤的男青年很是关切。不料那青年怒吼道：看什么看，有什么好看的！他差点骂了我们，坐车走了。

人生真是无常！

下午，母亲开始输营养液，人造瘘也打开了。

2000年4月23日　星期日　晴

（农历三月十九）

弟弟家住在开封苹果园小区，离郊区很近。洋槐花开了，空气里弥漫着洋槐花的香味。

早上我到外面转了转。有一片草地，新发的

有绿草、芦芽，还有荷叶的尖角。草地上一条狗，两只喜鹊。喜鹊落在草地上，狗飞跑着向喜鹊冲去，看样子要捉一只喜鹊。喜鹊及时飞起来，狗扑了空。狗又朝另一只喜鹊冲去，喜鹊翅膀一张，飞了起来。喜鹊喳喳叫着，并不飞远，飞得也很低，就在狗上面盘旋，像是在和狗逗着玩，做游戏。

有一方藕池，新的荷叶发了出来，每一张荷叶都新鲜无比。有的荷叶是硬秆，一发出来就像伞一样高举着，而有的荷叶是软秆，团团的荷叶只在水面铺展着。同样都是荷叶，不知是怎样分的工，生来便注定有高有低，错落有致。

上午，郑煤集团超化矿的党委书记卫国华和宣传科科长王春芳来看望母亲。卫国华书记请我在天下第一楼吃了包子，我送他一本我的小说自选集。

2000年4月24日　星期一　晴

（农历三月二十）

母亲住院已半个月，我从北京出来已是第十八天。好久没有外出这么长时间了。在京期间，似乎每天都很忙，好像自己很重要，什么事情都离不开自己。一旦离开才知道了，地球照样转，报纸照样出，工作上的事离开谁都可以。

母亲的病情稍有好转，又开始给我讲故事。说她小时候被狗咬过，怕得疯狗病，就得请法师把病破掉。破法是让母亲头顶一块红布，身上糊满泥巴，到野地里走，走一段路扔一个铜钱，法师念念有词。回家一看，若泥巴里包有狗毛，病就没了。

一条疯狗欲咬一个小孩，小孩的爹抄起一把铁锨打狗。狗立起身来，顺着铁锨把，咬到了当爹的嘴唇子。结果，小孩没得疯狗病，小孩的爹却染上了疯狗病。他被人捆了手脚，绑在床上，浑身发烧、哆嗦，至死。

妹妹听母亲讲过去的事，大概受到启发，她也讲。

妹妹家养了一条狗，会捉耗子。人说狗拿耗子多管闲事，她家的狗就是爱管闲事。狗捉到耗子，咬死，并不吃，放在门口的地上，让主人瞧，谝功。有一次，狗还捉到一只挺大个儿的黄鼠狼，也不吃，放在门口的地上。它卧在一边看着，意思是告诉主人，黄鼠狼是它捉的，它在家里不是白吃饭，是有用的，可以保卫家里的鸡。

妹妹说，当闺女时，村里有好几个跟她差不多大小的女孩子，都没有上学，成天价在地里薅草、拾柴火、放羊、野跑。有一回，她们几个女孩子在一个水坑里洗澡，发现水坑里有鱼。她们的办法是可劲在水里折腾，把坑底的泥折腾上来，把水搅浑。水一浑，鱼不能正常呼吸，被呛得只好浮出水面，张着大嘴喘气。她们用裤子一兜，就把鱼兜住了。她们逮住了七八条草混子，还有胖头鲢子，大小搭配着分了。

有一次，妹妹家的狗偷吃了盘子里的剩菜，妹妹吵了它，打了它。从那以后，它再也没吃过菜，肉、馍都不吃，很有记性。妹妹有天晚上出去听人家唱小戏，回家不见了她家的狗，估计可能被偷狗的人药死了。妹妹说，有一种毒药叫三步倒，狗一闻，就会晕过去，偷狗的人就把狗扛走了。妹妹家的狗丢失后，妹妹难受了好长时间。

母亲接着妹妹的话说，她也养过一条狗，是黑狗。黑狗在外面吃了被药死的老鼠，中了毒，倒在一个水洼子里，浑身抽搐。母亲用钉耙把它捞出来，放在院子里，它最后还是死了。

2000 年 4 月 25 日　星期二　阴

（农历三月二十一）

昨晚回弟弟家休息。夜里 10 点多，楼上有女人喝药自杀，被紧急抬上救护车，拉走了。

早上到东边去转，见一个妇女牵了三条小

狗，狗在前面跑，妇女在后边跟，不像人牵狗，倒像狗拉人。

一个妇女提了一只黑色的塑料袋子，袋子里鼓鼓的，往下坠着，里面装的不知是什么东西，像是死猫死狗之类。一个男孩子，提着一把铁锨，在找地方埋袋子里的东西，找了好几个地方都没确定。

小燕子在欢快地叫，一连串的碎声后面加一个长声。长声吱地一响，很像给弦子调音拧弦子轴时发出的声音。

今天妻子告诉我两个好消息：一是我的短篇小说《草帽》被改成电视短剧；二是我的中篇小说《神木》在《十月》杂志发了出来，并被《小说选刊》《中华文学选刊》选载。让人高兴！

2000年4月26日　星期三　晴

（农历三月二十二）

早上5点多，母亲就醒了，说肚子疼。我起

来给她冲了半碗莲子羹，母亲趁热喝了。

妹妹说，她的三兄弟媳妇人特别老实，特别能吃苦。她脸色发黄，眼圈发青，病了三年，怕花钱，一直不去看病。她家种了一亩棉花，她天天顶着太阳到地里拾掇。她爹是剃头匠，丈夫在外地给人家烧砖窑。病得干不成活儿了，找野先生看看，说是贫血。先生给她开了药，她吃了药，鼻子光淌血。她想，既然身体缺血，不能让血白白流掉。她塞住鼻孔，让血往嘴里流。血流到嘴里，她舍不得吐出来，咕咚咕咚喝下去。一直病了四年，人才死了，死时才三十来岁，撇下两个孩子。直到临死，她都不知道自己得的什么病。

她死后，丈夫从窑场带回一个女人，关在家里，不让村里人看。村里人以为那个女人是老三新找的老婆，都想去看看。女人像藏猫猫样躲在粮食茓子后面，不让人看。三兄弟媳妇的娘家人去烧周年纸，老三和那个女人不开门，那个女人后来从墙头上跳了出去。

山西平朔露天煤矿的作家黄树芳打来电话，说他看了我不少小说。

外面传来阵阵结婚的鞭炮声，看来今天是一个好日子。

母亲说，我们村有一个当老公公的跟儿媳妇好。儿媳妇在家里洗了澡，让公爹给她拿拖鞋。公爹给儿媳妇拿了拖鞋，还没等儿媳妇把拖鞋穿上，就把儿媳妇抱到床上去了。

2000 年 4 月 27 日　星期四　晴

（农历三月二十三）

母亲的身体日渐好转，可以活动手臂，自己可以吃东西。

妻子上午 10 点多打来电话，要跟母亲说几句话。母亲接过电话，只叫了一声“卫平”，就哽咽得说不成。

儿子打来电话，让问奶奶好。我对母亲转达她孙子对她的问候，母亲说了一声“俺孙儿”，眼里顿时涌满热泪。

我想，现实生活中哪里有多少美，都是一些碎片，很难拼成一个完整的美的东西。现实中的诗意在哪里，很难找啊！诗意在作者心中，只是作者的愿望而已。

想在现实生活中寻找艺术的东西，实在不易，只能寻找启发，只能找到一点线索，或者说一些光点。

生活中大多是丑恶的东西，在生活里寻找美无异于沙里淘金。

在弟弟家楼下对面租了一间平房，预备母亲出院后我和母亲去住。弟弟家只有两居室，侄女每天要写作业，还要弹琴，住不下那么多人。母亲以后离不开人伺候，须有长久打算。

2000 年 4 月 28 日　星期五　晴

（农历三月二十四）

上午 10 点多，袁天忠等三人来看望母亲。

下午，大姐和大姐夫坐长途汽车，从老家来开封看望母亲。大姐拉住母亲的手：娘，娘，你好点了吗？母女俩眼里都含了泪。

我习惯把大姐夫叫大哥，大哥收集旧票子卖给搞收藏的人。

母亲去掉了导尿管，可以下床走动了。

晚上，由孙富山做东，和吴广浩、刘新福、高树田、王希亭等朋友在一家酒馆小聚。喝了不少酒，聚会时间有些长。他们都叫我大哥，纷纷敬我酒，我有些不敢当。

大姐在医院里陪护母亲。

2000年4月29日　星期六　晴

（农历三月二十五）

5点半起床，到东边的草地里活动身体。我颈椎不好，别人教给我的办法是站立，甩胳膊。往前跨左脚，甩右胳膊，甩三十下。再往前跨右脚，甩左胳膊，也是甩三十下。依次交替甩下去，甩得越快越好。

母亲今天只输两瓶水，可以自己去厕所解小手。

母亲说，大姐看我的小说，一看就哭。母亲把书给她夺了下来。

大姐说，她六岁时就在瓜园里看瓜，因为害眼病，眼睛肿得睁不开。到坑边撩起水洗洗眼，勉强把眼扒开，就到地里去了。

用石磨磨粮食，差不多都是大姐和二姐推磨。石头磨推起来很沉，大姐嫌二姐不下力。大姐后来想想，二姐还是个小孩，只有四两力。

2000年4月30日　星期日　晴

（农历三月二十六）

离开北京已二十多天，订了今晚回京的车票。回家看看，取点钱，拿几件换洗的衣服。

大姐断断续续讲了一些三年困难时期的生活。春天吃柳叶，爬到树上，把柳枝子折断，捋下新发的柳树叶子，拿回家煮煮吃。大姐从食堂偷回一根胡萝卜，我们姐弟几个每人吃一口；偷回一片红薯干，我们每人吃一点。楝树花不能吃，楝树叶子也不能吃，苦，有毒。大姐有一次吃霉红薯片子蒸的馍，中了毒，吐得翻肠倒肚，肚子里只剩一点黄水，还在吐。

一个外乡的女人，下着大雪到我们那里要饭，一路喊着“受罪呀，受罪呀”，声音凄凉，很吓人。还有一个要饭的女人，在废弃的砖窑里生了一对双胞胎。她还养有一条狗，她到村里要饭时，那条狗帮她看着小孩。天寒地冻，砖窑里很冷。她让狗跟她睡在一起，用狗的身子取点热乎气儿。

2000 年 5 月 1 日　星期一　晴

（农历三月二十七）

坐了一夜火车，上午回到北京。

劳动节，放假，北京春暖花开，一派节日气

象。

我在开封陪护母亲期间，家中的一切都由妻子操持。和妻子结婚后，我先是在矿务局当通讯员，后是到报社当记者，经常外出采访、写稿，妻子对此已习以为常，对我不是很依赖。加上妻子提前退休，有时间照管孩子，处理家务。

妻子问起，母亲知道不知道她得的是癌症。我说不知道，我们没有告诉母亲，母亲也没有问过。也许母亲心里很明白，但她从来不问，像是刻意回避着什么。反正母亲求生的欲望挺强的，配合医生治疗配合得很好。

2000 年 5 月 2 日　星期二　晴
（农历三月二十八）

家里积累了不少报纸和信件，坐下来处理一下。在家时，每天的报纸都要翻看一遍，不看好像少点什么。一旦外出，没条件看报纸，才知道不看也没什么。好比人活着总要寻找自己和这个世界的联系。人一旦死了，跟这个世界就没有关系了，一切都放下了。不放下也得放下。

2000年5月3日　星期三　晴

（农历三月二十九）

估计报社编辑部也积累了一些我的信件，我没有到报社去看。

此前，报社领导新老交替，煤炭部人事部门本来要调我到煤矿文联当副主席，由正处级提拔为副局级。因为这样那样的原因（主要原因是我自己不愿托关系，走门子，花钱，丧失尊严），导致提拔搁浅。报社的人都知道了我要被提拔，我也准备好了去文联上班，如今事情有变，让我稍感不悦。并不是我多么在意那个副局级，是我觉得世风不正，对我有些不公。报社没有再安排我当副刊部主任，只让我保留正处级级别，到记者通联部当机动记者。这样一来，哪里出了重大事故，或哪个单位需要重点连续报道，报社就派我去。我敢说我是一个好记者，每一次重点报道，我都完成得很好。只是我觉得自己已年近半百，不再适合到处跑。我还是热衷于文学创作，想静下心来，写长一点的小说。

2000年5月4日　星期四　晴
（农历四月初一）

今天是青年节，是女儿和儿子的节日。

上午乘847次列车，坐了整整一天，晚上到了开封市第一人民医院，回到母亲身边。

此前，二姐已到了开封，在医院里陪护母亲。

还在五一节假日期间，医院里显得比平常清静。

母亲自己梳头、洗脸。

2000年5月5日　星期五　阴
（农历四月初二）

夜里下了雨，天气骤凉。

夜半楼下有人大哭，像是有病人去世。

2000年5月6日　星期六　阴
（农历四月初三）

母亲今日准备出院。

我去院方收费处结账，共花了八千七百六十元。加上前期检查花了二百多元，总共花了九千元。我出三分之二，六千元，弟弟出三分之一，三千元。弟弟、弟妹出力多，受累多，还花了不少零钱，我理应多出。我不会让姐姐、妹妹出钱。

中午，租车拉母亲和二姐到租来的房子。二姐做了西红柿面条。母亲胃口不错，吃了一碗面条，还吃了一个炸糖糕。

2000年5月7日　星期日　晴

（农历四月初四）

早上带母亲到户外走动。

下午外出活动走得稍远些，走到附近一家奶牛厂，见一个妇女正挤牛奶。我问了一下，妇女说一只奶牛一天能产五十斤到七十斤牛奶。奶牛四个奶穗子，轮流挤，硬时有奶，一软就没奶了。

王燕她妈和王燕的二姐、二姐夫来看母亲。

客人走后，二姐讲大姐的事。有一次，大姐在下雨时去井口打水，钩担淋了雨，很滑，像抹了油一样，一拔一出溜。大姐只得半蹲着身子，使劲往上拔。大姐正来例假，一下子累得子宫有些下垂。从那以后，大姐思想有了负担，认为自己生病了；又不敢对任何人说，对母亲也不说，常暗自掉泪。

二姐在娘家时多年当妇女队长，对村里妇女的情况比较了解。据二姐讲，那时妇女活儿重，妇女十有六七子宫下垂。喜莲她娘，找到二姐，脱下裤子，让二姐看她子宫下垂的情况。她的子宫垂得像个紫茄子一样，下面兜着一块破布，异常丑陋和吓人。二姐给她安排一些比较轻的活儿。

二姐说她结婚前例假很不正常，一年也就两次。但她吃得很胖，干活很有劲。大姐思想有负担后，都是二姐去挑水。

有个堂叔叫刘本孝，雨天光着脚，踏着泥巴，还外出拾粪。

下雨天母亲戴着帽壳儿，赤着脚，还到地里剔芝麻苗子。

二姐说，那时家里穷得叮当响，她生第二个孩子时，连一个鸡蛋都没吃到。

2000年5月8日　星期一　阴

（农历四月初五）

“五一”七天长假结束，人们开始上班。我每天都在上班，上的是照顾母亲的班。

二姐家里事情很多，但她没有急着回家，坚持和我一块儿照顾母亲。二姐夫在他弟兄中排行老二，我习惯叫他二哥。二姐说，二哥有一次摔着了，膝盖肿着，一直不去看医生。后来买了一块虎骨膏药贴上去，反而肿得更厉害。改用盐水溻，才消了肿。原来是膝盖半月板摔烂了，烂成了两半。二姐说，你看永杰（二姐的大儿子）他爹多皮实，舍不得花钱治啊！

二姐说，她村里一个人叫杨永勤，死了老婆，爱喝酒。不让他喝好，他就骂你。喝得小便失禁，裤裆里水啦啦的，熏人。

二哥有一次喝多了，牙关紧咬，浑身哆嗦。打了抢救针，才缓过来。后来二哥只要一喝多，二姐就给他灌红糖水。二哥的身体直挺挺的，二姐蹬着墙，把他的身体弄弯，说：永杰他爹，你不能死呀！

2000年5月9日　星期二　阴

（农历四月初六）

昨夜下了大半夜雨，哗哗的，有时下得极大，能听见大雨点子砸在房顶上的声音。房东住在后面的院子里，也是平房。我估计房东是当地的农民，城市扩建到他家门口，他家没有搬走，住的还是老房子。

房东养有两条狗，一条圈在平房的房顶，一条在院子里走动。房顶上那条狗是狼狗，样子很凶。它老是趴在墙头往下看，这边看看，那边看看，像个人一样。几天之后，那条狗不见了，据说是被人投了毒药死了。还有一条如狮的大狗，在院子里走来走去，叫起来声音洪大，跟音箱里发出的声音一样。它的名字叫贝贝。

母亲说，我三爷个子矮，一米六都不到。三爷老丈人家的人笑话他，叫他大个子。冬天，树上结了冰，咔吧咔吧响。三爷和三奶奶打架，三奶奶个子高，三爷不是三奶奶的对手，三奶奶把三爷摔倒，压在冰地上。三奶奶问三爷服不服，三爷不吭，表示不服。

母亲的老家是开封附近的尉氏县，当年日本鬼子打下了开封，还到了尉氏。母亲已是大姑娘，为了避免被日本鬼子发现，就天天藏在红薯窖里，或藏在房子的浮棚子上头。

父亲当军官，在母亲的家乡驻防。经人介绍，母亲和父亲见了面。母亲见父亲留大背头，戴大盖帽，人显得挺精神的，就跟父亲结了婚。结婚那年母亲十九岁。母亲属牛，父亲说他也属牛，比母亲大一轮。结婚后母亲才知道，父亲属鸡，比她大十六岁。母亲痛哭一场，很是伤心。父亲极力安慰母亲。

父亲家里有一个童养媳，因为父亲长年在外当兵，不在家，奶奶对童养媳很不好，时常打骂人家。有一次，童养媳跑了十八里路，到城关去吃舍饭。舍饭没吃到，回来在地里掐了一些豌豆头。童养媳把豌豆头拿回家，奶奶不让人家吃，自己吃。

童养媳长大后，村里有男人打她的主意。奶奶在门口用凳子支起一领秫秸箔，横躺在秫秸箔上看着。人家等奶奶睡着了，爬着从箔底下钻过去。

她怀了孩子，穿着大棉袄，把肚子遮住。她坐到织布机上织布，织布机一震，孩子吱哇一声出来了。她怕孩子的哭声传出去，就把孩子坐在屁股底下，一直把孩子坐死。别人喊她，她不起来。等人走了，她把孩子扔到村后的坑里去了。被一个小孩子看见了，说是一条红鱼。有人过去一看，是一个死孩子。结果村里人都知道了。她没脸在家里待下去，后来听说被村里一个外号叫滑鬼的人骗走了，至今音信全无。

村里的地主叫刘万荣，人高马大，人称大小伙子。刘万荣不养狗，却养了一只大公羊。大公羊腿粗身长，犄角弯弯，瞪眼巴叉，气焰嚣张。公羊羊仗人势，见人就抵。刘万荣把一把长把的铲子，横着担在屁股后面。刘万荣喜欢把男孩子的头皮，他粗大有力的手一把到男孩子的头皮，差不多像撸帽子一样能把人家的头皮撸下来。小孩子都怕被他把到头皮，一见他就躲得远远的。我三爷就多次被他把过头皮，留下深刻的痛苦印象。土改斗地主时，三爷跳起来抽刘万荣的嘴巴子。刘万荣让他的羊吃人家的庄稼，别人都不敢反对，母亲却不怕他。有一次，羊欲吃我们家的庄稼，母亲拿起一根树条子抽了羊一下，羊才躲开了。

我爷爷种庄稼不在行，喜欢到街上听小戏，或听别人给他念书。大姐小时候，冬天睡在爷爷脚头，给爷爷暖脚。爷爷不睡，让一个识字的叫范鹤林的地主在煤油灯下给他念书听。大姐暖不热被窝，冻得咳嗽。爷爷正听得入迷，很烦大姐咳嗽，大姐一咳嗽，爷爷就吵她：捏住你的喉咙系子！

爷爷爱做生意，但从没有赚过钱，每次都赔钱。

爷爷取回父亲寄回的一百块现大洋，一下子成了有钱人，高兴得哈哈的。刘本生的父亲知道了，要把他家的地卖给爷爷四亩。爷爷听信了他的话，把钱给了他。不料他拿着钱赌博去了，很快把钱输光。他没有把土地给我爷爷，自己跑走了，不知去向。传说他被人打死在外地。

2000 年 5 月 10 日　星期三　晴

（农历四月初七）

中午，开封市文联主席兼人大常委会副主任王宝贵请客，在张顺堂开的酒店。席间听高树田讲，有一个乡村诗人，写了许多诗发不出，村里人都看不起他，老婆对他有意见。《东京文学》为了照顾他的情绪，给他发了一首诗。他高兴坏了，在村里请了几桌客。别人开喝，他抱头痛哭。后来，听人说诗人得了精神病。又听说，诗人不久就死了。可怜可叹!

下午，弟弟要了一辆车，带母亲、二姐和我去看黄河。河面宽阔，河水滔滔，黄河的水还是黄的。风扬起沙子，看对岸有些朦胧。

看见黄河，母亲想起花园口黄河发大水那一年。那时她还在娘家，发大水时麦子快熟了，人们赶紧抢收，割下麦子放在高地方。抢着抢着，大水就来了，越来越深，淹得房倒屋塌，高树只露个树梢，小树没了踪影。村里只有寨墙还没被淹没，村里人都站在寨墙头上。割下来的麦子被水冲走了，没吃的怎么办呢? 用网子在水里捞鱼。水里的鱼还算不少，鲤鱼、鲫鱼、鲇鱼，啥鱼都有。捞了鱼，在水里煮白眼子鱼吃。天天吃鱼，把母亲吃伤了。从那以后，母亲不喜欢吃鱼，看见鱼就够了。

2000年5月11日　星期四　阴
（农历四月初八）

早上到附近的早市买了一袋新鲜豆浆。豆浆是用泡好的黄豆和花生打成的，现打现卖，喝起来有黄豆味，也有清香的花生味。

妻子来电话，签了短篇小说《草帽》的改编协议。还说《小说选刊》的冯敏通知，他们要选我新发在《人民文学》的短篇小说《响器》。

母亲说，人家给大姐说媒，她定下几个不愿意：一是独门独户不愿意；二是个头矮的不愿意；三是家里成分高的不愿意；四是没房子的不愿意。独门独户容易受欺负；个头矮的干活儿没力气；成分高的没前途；没房子没法儿住。母亲先后替大姐看过五家，都没愿意。其中一家是洼子庄的，母亲见孩子娘穿了一件像是新媳妇才穿的衣服，一看就是借来的。说要盖房子，砖在哪里呢？檩在哪里呢？都没有。家里养了一条狗，小得像猫娃子一样，头上的毛脏得粘成了缕。临走，那孩子送母亲，自称是队里的会计，胳膊底下夹着一个记账本。母亲没让他去我们家。

天待黑时，春雷滚滚，下了一场大雨，算是暴雨。

二姐讲了一个事儿，说明小孩子家也知道要脸。一个男孩，在我二姐家吃了几片肥肉，喝了凉水，拉肚子。上课时不敢举手要求去厕所，没憋住，拉在裤子里了，把板凳都浸湿了。学生们说，老师，咋恁臭哩！二姐当代课老师，说没事儿，教室离厕所近。那个男孩坐得很端正，小眼往前瞅着，像是认真上课的样子。学生们还说，老师，太臭了，太臭了，放学吧！二姐也闻出臭得有些过分，到教室后排看到那个端坐的男孩，明白了怎么回事，宣布放学。放学了，别的学生呼啦都跑了，那个男孩还不走。二姐对他说：好了，没事儿了，扛上你的板凳回家吧。男孩这才走了。

二姐还说到她的二儿子永魁。永魁有一次用架子车拉着一百多斤豆角子到集上去卖，因价钱要低了，顿时围上来一些妇女抢购。永魁眼看招架不住，说不卖了、不卖了，但那些妇女哪舍得放手，有人趁乱打劫，不给钱就溜了。结果，那么多豆角子，永魁才卖了七块钱。永魁找到我母亲，讲了他的遭遇，哭了。我母亲给他补了五块钱，他才敢回家。

2000 年 5 月 12 日　星期五　晴

（农历四月初九）

早上去看人们在牛奶厂买鲜牛奶，排长队，六角钱半斤，用提子打，一提子半斤。供不应求。

旁边是一处国家建的孤儿村，共收养一百一十二个孤儿，几个孩子组成一家，以得到家庭的温暖。

母亲说她带着大姐刚从部队回家时，因房子

破旧，房顶苫的草沤成了泥，一下雨屋里到处漏，以致屋门口积的水到脚脖子深。要不是带回的有一把伞，孩子都没地方放。

家里一口大锅、一口小锅，两个锅都漏。锅里添上水，正烧着烧着，突然就漏了，往火头上吱吱啦啦滴水。母亲只好把水舀出去，把漏水的地方糊上面，再把水舀回来，接着烧火。因锅底已烧热，母亲往锅底糊面时，把手都烫红了。

家里穷得吃了上顿没下顿，秋天不等高粱熟透就开始吃。高粱穗子上面先红，就用剪子把上半截剪下来，放到碓窑子里砸砸，打稀饭喝。这时的高粱是水仁儿，打的稀饭只能喝个水饱，不挡饿。

抗战胜利后，母亲请人给我父亲写信，要求父亲转业、回家。父亲要是不回家，母亲就带着孩子走人，回到她娘家去。父亲不想失去我母亲，就从北京退伍，回到了我们老家。

父亲很能干，回家当年就解决了房漏和锅漏的问题。父亲种了一块淮草，把房顶的旧草换上了新草，下再大的雨也不漏了。我家有块靠坑边的地，父亲把坑底挖深，把坑沿垫宽，在宽出来的坑沿上种了麻，然后把麻卖掉，一下子买了两口锅。

2000年5月13日　星期六　晴

（农历四月初十）

早上有潮气上升，草尖上顶着水珠。

在一个鱼塘边，我看见一种水鸟，从高空把翅膀一收，一头扎进水里，出来时嘴里就叼到一条银色的小鱼。我看得有些惊奇，觉得这种水鸟真是厉害。水鸟不止一只，好几只水鸟都在捉鱼。水鸟有时掠过水面，并不下扎。水鸟的长嘴向下伸着，可能在寻找目标。

母亲说她戴上花镜可以看见水鸟，花镜一摘下来，两眼就跟糊了面糊子一样，啥都看不清了。

一妇女手持一把铁锨，向天上扬着，对水鸟

破口大骂，企图把水鸟赶跑，不让水鸟捉鱼塘里的鱼。

突然想起，我上中学时的校园生活相当丰富多彩，说不定可以写成一部中篇小说。

一句话不顺他的耳，他就脸脸的。“脸脸的”，这是二姐的语言。

一天午后，二姐到河坡薅草，看见前面有一只大老鳖。二姐刚要上前用脚把老鳖踩住，老鳖侧棱着身子，打着车轱辘就滚到河里去了。二姐懂得，老鳖可能在守护它的蛋，叫鳖瞅蛋。二姐一找，果然在一片松软的热土里挖出一窝鳖蛋。二姐把鳖蛋拿回家，腌在腌咸鸭蛋的坛子里。传说吃腌过的鳖蛋可以补肚子。

2000年5月14日　星期日　晴

（农历四月十一）

今天是母亲节，我对母亲说了。母亲说，什么母亲节，以前没听说过。她只知道清明节、中秋节，还有春节。母亲还说，现在生活好了，人有钱了，就生着法儿过这节那节。过去连饭都吃不饱，命都保不住，谁还想着过节。

母亲举了我们村一个叫来堂的人的例子。来堂到南乡砖瓦厂做砖坯子，一不小心失了足，一条腿被砖机齐根切断。他本来娶了老婆，老婆也怀了孕，见他成了残疾，老婆就走了，一走不回头。从那以后，他以残疾为仗头，逢集就到集上当伸手派，跟卖东西的要东西，看见菜要菜，看见瓜要瓜。谁要是不给他，他就赖在人家摊子前不走，直到得手为止。若见卖菜的是外地人，他的样子还很横，把人家叫舅，伸手就把菜拿走了。除了要，他有时还偷，趁人家不注意，就把人家的西瓜抱走了。换一个地方，他把西瓜摆在地上卖掉。他的日子过得还不错。有一次他让我母亲到他家里看，指着地上放的各种蔬菜，说想吃什么菜只管拿走。别看缺了一条腿，他一条腿能骑自行车，车上放着双拐，上车骑车，下车拄拐。他团脸，无须，留长发，头发扑棱着，像个大闺女一样。他晚上跟一个唱莲花落子的乞讨者睡一起，不知情的人还以为他们是两口子呢，见他们骂架，一块儿去男厕所，才知道他不是女的。

来堂有一次去集上要东西回来，路过一个麦秸垛，听见小孩子的哭声。他过去一看，麦秸垛头的地上扔着一个小闺女，旁边放着二十块钱，还有奶瓶、奶粉。好嘛，不光能捡到钱，还能捡到小孩，他就把小孩抱回家去了。

有一个女哑巴，向来堂学习，也到集上要东西。一个妇女卖粉条，女哑巴跟她要，妇女就是不给。哑巴“啊啊”着，妇女伸着脖子跟哑巴对着“啊”，像鹅一样比女哑巴“啊”的声音还大。哑巴无奈，当街脱下裤子就要尿。二姐看见了这一幕，赶快把哑巴拉起来，帮她提上裤子，并给了哑巴两毛钱，哑巴才走了。

一个乡长姓于，他的儿子得过小儿麻痹症，两条腿像麻秆一样。于乡长有势有钱，张罗着给儿子娶媳妇。实际上，他给儿子娶的媳妇是他自己的相好，等于以儿子的名义，给自己娶了一个小老婆。儿子结婚后，他就把儿子撵出去了。儿子在外边拦车，跟司机要钱。他跟儿媳妇过，让儿媳妇给他生孙子，实际生的是他的儿子。

二姐村里有一个叫健康的小伙子，去城里打工学艺，考上了二级厨师。他想回家发展，就在白庙集上开了一家餐馆，生意很好。对面原来有一家饭店，生意冷落下来。结果一天夜里，健康的双脚突然乱蹬起来，他哥还问他蹬什么！第二天早上起来一看，健康已经死了。有人怀疑健康是被人毒死的，但他家人没有报案。世上冤死的人是有的。

2000年5月15日　星期一　阴

（农历四月十二）

早上4点多，天还不亮，听见一妇女在外边马路上大喊大唱："……世人都晓神仙好，只有金银忘不了！终朝只恨聚无多，及到多时眼闭了……”我曾熟读《红楼梦》，知道妇女唱的是《好了歌》，很感兴趣，马上跑出去看。马路上很空旷，只见妇女一个人在喊在唱。她是用河南的腔调喊唱的，听来格外苍凉。这是一位中年妇女，看样子像是一个知识分子。她模仿的是《红楼梦》里的人物形象，手里拿着一根竹竿、一个瓶子。她把《好了歌》一路唱下去，身影渐渐消失。我猜不透这位妇女是悟透了人生，还是精神方面出了问题。一个人在马路上大喊大叫，精神出问题的可能性大些。

吃过早饭，我和二姐带母亲到外边转悠。二姐带了一个小凳子，母亲走累了，二姐就让母亲坐在小凳子上休息一会儿。二姐说，她在家里天天忙得脚底板子像打锣一样，出来了，鼓也不用敲了，锣也不用打了，难得这么清闲。

二姐跟我讲了她村里发生的一件事，让我看看能不能写成小说。

我一个人写小说，一家人都帮我提供素材。我跟二姐说笑话，要是能写成小说，把稿费分给二姐一半。

二姐说，她不要我的稿费。好故事虽多，得有人会写才行，要是没人写，故事跟扔在粪窑子里沤粪差不多，都瞎搭了。

下面是二姐跟我讲的那件事，二姐讲得长，我记得比较粗略。

人民公社那会儿，村里一个男人是赶马车的，手里有点余钱，日子比别人家过得好。他自己家里有老婆孩子，又跟本村另一个女人相好。那个女人的男人是个吃鳖食的，管不住自己的老婆。赶马车的对与他相好的女人生的孩子很好，认为孩子就是他的种。他主张两家结亲，把自家的闺女介绍给那个女人的儿子。两家的儿女都对他有意见。后来，那个女人和自家男人商量，决定拒绝赶马车的再去他们家。赶马车的夜里敲门、拍窗，人家就是不理他。他喝了酒，上房顶揭人家的瓦，把一片片瓦撇下去，摔碎在院子里，人家还是不开门。他砸开人家灶屋的门，摔人家的碗，砸人家的锅，并暴跳如雷，破口大骂，闹得全村的人都过去看热闹。第二天人家告给队长，队长找他做工作，劝他苗子不要那么旺。他当时答应不闹了，随后还是去刺挠人家。有人说，没办法，只有灭了他。

他再去，那女人说，她丈夫、儿子都在家，家里不方便，去牲口屋吧。他一进牲口屋，女的回身就把门关上，插住了。事先埋伏在屋里的女人的丈夫、儿子，二话不说，举起棍棒，照他就打。他一看不妙，手里没拿家伙，一狼难敌二虎，蹬上牲口槽，蹿到房梁上去了。他的意思是想把草苫的房顶弄破，从房顶钻出去。女人的儿子扫腿一棍，就把他的腿骨打断了，他重重摔在硬地上。他服软了，嚷道：改过了，再也不来了，饶了我吧。他不该对打他的人说：你不能对我下狠手，我可是你亲爹呀！他不这么说还好些，此言一出，女人的丈夫和儿子都照他头上打去。他拼命向门口爬去，爬了两下，头一歪，死了。

赶马车的老婆去村口的柴火垛拽柴火，有人

告诉她，她男人被人家打死了，快去看看吧。 她不去看，说她男人该死。

打死人的人家出钱买了棺材，把死人埋掉，这事儿就算完了。

这样的故事太残忍了，太极端了，日后能不能写成小说很难说。

还有极端的例子。 我们村一位姓范的婶子，她的娘家娘跟本村一个老头相好，被老头的两个儿媳妇当场逮住。 两个儿媳一人拽住婶子娘家娘的一条腿，用硬鞋底子抽其私处。 抽肿了不算完，抽烂了，才住手。 婶子的娘家娘到婶子家里住了好长时间。 有人问，怎么了，哪里不得劲？婶子说：风吹着了。

我有一位堂姑，麻脸，我们都叫她麻闺女儿姑。 我父亲去世后，麻闺女儿姑见我们家穷，牵来一只水羊，让我们放，说生了小羊羔儿归我们。 我们放了半年，羊没有生小羊羔儿，也没有长肥。 我和二姐牵着羊送还麻闺女儿姑，麻闺女儿姑不但不高兴，还很生气，用脚踢她的羊，说让她的羊死去吧！ 这件事给我和二姐留下深刻印象，对我们的心灵造成了一些伤害。

麻闺女儿姑那村，后来发生了一桩杀人案。一个男孩子，看中了本村的一个闺女。 人家父母不同意，他夜里还是偷偷去找人家，拉人家到外面去。 闺女不去，他就把盖在人家身上的棉袄拿走了，弄得人家冬天没棉袄穿。 闺女的娘问闺女，闺女说棉袄丢了。 娘好像知道了怎么回事，在村里骂街。 男孩子起了杀人之心，一天夜里再潜到闺女家，把人家活活掐死了。 闺女的小弟弟还在姐姐的脚头睡，姐姐被掐死时，小弟弟没有醒。 男孩子把闺女掐死后，还在闺女的下身捅进一根铁棍。 第二天早上，小弟弟大哭，家里人才知道闺女死了，赶紧报案。 公安局的人在郑州把那小子捉住了，不久就拉到村子南边枪毙了。

2000年5月16日　星期二　晴

（农历四月十三）

昨天去医院咨询母亲化疗的事，主任医师黄金生认为，化疗是必须的，化疗之后，生命可以延长五至十年。化疗需要住院，费用两千至四千元。

我和弟弟商量，还是化疗为好。我们让母亲做手术，就是为了最大限度地延长母亲的寿命。母亲今年七十五岁，我们还想着等母亲八十岁时好好为她祝寿呢！

化疗的床位尚未做出安排，二姐继续给我讲故事。二姐讲的这个故事是听大姐给她讲的，发生在大姐所在的村。长灯家娘，娘家是地主，人长得高鼻子大眼，很是漂亮、出众。她嫁的一户人家也是门当户对的富户。不料她嫁的男人是一个阴阳人，婚后，阴阳人该动她老不动她，她不明白怎么回事。她忍不住问男人：俺配不上你怎么着？ 阴阳人这才搂着她哭了，跟她说了实话，说为了把这份家业传下去，只好委屈她。 又说，她只要不离开这个家，想跟谁好都可以。

她跟村里的保长好上了，生了一个儿子叫长灯。 解放时，保长被枪毙了。 保长临死时，悄悄对村里一个干部说，长灯家娘是一个好人，我死了，把她托付给你，你好好待她。 这个干部从此和长灯家娘相好，两人生了一个孩子叫银孩儿。

孩子渐渐长大了，干部顾及自己的身份和影响，决定和长灯家娘断绝关系。 可长灯家娘舍不了人家，对人家一往情深。 那干部有文化，教过书，当时正在公社粮店当会计，待人和善，一身的文气，让长灯家娘觉得很可心。

有一次天下大雪，二人都去井台打水，在井台相遇。 因起得早，井台上只有他们两个人。长灯家娘激动得浑身哆嗦，老也打不到水。 那干部呢，只在井台旁边站着，低着眉，也不说话。长灯家娘只打了一点水就走了，回去蒙头就睡，不吃不喝，想死。

那当会计的人知道了，明白痴情女人绝食是他引起的，才去看望了长灯家娘，要长灯家娘不要这样，何必呢！ 那是他最后一次登门去跟长灯家娘说话。

长灯家娘跟大姐倾诉她的心事时一再感叹，两个人曾经好得你死我活，而且好了那么长时间，人家怎么说断就断了呢！

2000年5月17日　星期三　晴

（农历四月十四）

早上出去散步，外面潮气浓重。 一轮红日映在荷塘中，燕子叫得很是欢快。

一女人领着一条大狼狗，狼狗显得很乖，不时察看女人的脸色。 女人一声“过来”，它立马就过去了。 它低着头，拖着狼一样的长尾巴。看别人时，它的目光很羞怯的样子，看一眼赶快回避。

昨天下午一个人去看了开封古城墙。戏里唱汴梁城，“远看城墙高三丈，近看城门铁页包”。现在的城墙大都塌颓，只剩下不长的一段。城墙外侧是砖，里侧是土堆。砖块很大，像是秦砖一样的老砖。墙根儿有不少摆摊算卦的、看麻衣相的，卦师和相师有男有女，都是很自信或装作很自信的样子。还有一帮退休工人模样的老头，坐在墙头聊天，评论毛泽东和林彪。墙外是大块的菜地，蒜苗芯子里已长出了蒜薹。北京把蒜苗叫青蒜，把蒜薹叫蒜苗，是不对的。河南的叫法才是准确的。

河南有豫剧、曲剧、越调、坠子、二夹弦、道情等多个剧种，还有不少小戏。河南的艺术文化主要是戏曲文化。陕西、山西、青海、内蒙古、西藏等地都有地域性很强的、特色独具的民歌，河南民歌很少，戏曲却很发达。戏曲文化在河南有着悠久的历史和广泛的群众基础，它的主要特点是情节化、戏剧化、夸张化、通俗化。戏曲文化对河南人有着极大的影响力，同时也有着极大的纠缠力。身在河南，耳濡目染，不知不觉就会受到戏曲文化的影响和纠缠。要摆脱它的影响和纠缠，需要很大的抵抗力和定力，不然的话，很难写出好的小说。

河南文化不在戏剧化本身，它还影响和引导着河南人的行为，我们可以从现实生活中看到人们对戏剧情节的模仿，看到戏剧人物的影子。比如，动不动就下跪，动不动就自杀，甚至在提包里提着一个人头上访，就是从戏剧中学来的，形成了一种恶性循环。任何文化都有它的两面性，值得反思。

一个妇女给她的孩子拔火罐，拔火罐可以祛火、祛风、祛病，是一种常用的治疗手段。可她的孩子还小，骨头还没硬起来，她把火罐拔在孩子脊梁骨上，把孩子的骨头拔弯了，孩子就成了罗锅。

2000年5月18日　星期四　晴

（农历四月十五）

麦子已经成熟，二姐准备明天回去收麦。二姐家还种了西瓜，西瓜秧子也长得有一庹长了，该拾掇了。如果不及时拾掇，任瓜秧子疯长，很难结出西瓜。

翻检日记，觉得片片段段，零零碎碎，也许没什么意义。又一想，当时无意义，或许日后有意义，好多意义都是时间赋予的，还是坚持记吧。无心写小说，不动动笔，记点日记，干什么呢！

别急着写小说，写一般的小说，还不如不写。憋憋吧，据说把头发剃光，憋一憋，再长出的头发就旺。憋一段时间不写小说，也许写出的小说会更好。

给读者一些期待，也不失为一种写作策略。写得太多了，读者可能会产生审美疲劳，甚至会产生厌倦感。

收麦季节，一家人在麦场里打麦。赤日当头，暑热难耐，婆婆让儿媳回村打点井拔凉水喝。干等长等不见儿媳打水来，婆婆回家一看，见儿媳正和堂弟那个呢。婆婆恼上来，抽了儿媳两个大嘴巴，说儿媳打水打得不赖。儿媳跟婆婆犟嘴：咋不叫你儿子回来打水哩！

二姐的婆子在一个麦季子拾了三百六十斤麦，她把拾到的麦子都卖成了钱，然后让她的四个儿子给她对麦子吃，一个儿子一年二百五十斤，她哪里吃得完。

二姐村一个老头，外号叫老善人。老善人日子好过，过年爱放天地炮，地上嗵，天上嘎，很开心。儿媳在面条碗里埋了荷包蛋，他端着碗到饭场吃饭，筷子一挑面条，扑棱，荷包蛋出来了。有人问：那是啥吔？他说：我日他个小娘，鸡又屙我碗里咧！

刘本金他娘也好拾麦，儿子说，天太热，不要拾了，再拾就不给她对麦子了。她还是拾。

拾麦子是她的习惯，也是她精神上的一种需要。

母亲也爱拾麦。有人把割下来的麦给她一铺子，说别拾了，把这些麦抱回去吧。母亲不要，她说拾的麦跟要人家的麦不一样，自己拾的麦吃着香。

戏里有一个人物叫三娘娘，二姐那村有一个风流女人，外号就叫三娘娘。三娘娘为人厉害，谁家的鸡若跑到她家院子里，她三步并两步跑过去把鸡捉住，咔吧一声就把鸡腿折断了。

三娘娘跟村里好几个男人相好，其中一个男人的名字叫毛。毛在三娘娘东院住，两家只隔一道墙。墙上掏了一个洞，两人以往墙洞里放坷垃头为暗号，放两个，三娘娘可以过去，只放一个，暂时不要过去。村里有人知道了两个人的约会暗号，告给三娘娘的孩子，有一天晚上，她的孩子在墙洞里放了一摊屎，被三娘娘摸了一手。三娘娘把她的孩子痛打了一顿。

毛为了和三娘娘会面方便，又盖了一处房子，和自己的老婆分开住。一日，三娘娘去外村给人家烧纸，至晚未归。毛估计三娘娘不会去了，就让他老婆过去睡。他老婆初中毕业，留长辫子，是毛看上的，托人去说媒，成了。他本来应该对老婆好，可跟三娘娘好上之后，嫌自己老婆死性，不活跃，家花儿没有野花儿香。这天毛对老婆说：你成天说我对你不好，我今天对你好好地好好。

睡至半夜，三娘娘来了，进屋抱住毛的脸就亲：我的大白脸，你睡恁早干啥，咋不等着我！毛说好，睡吧。毛的老婆还在那头睡着，听见三娘娘来了，吓得不敢动、不敢吭。毛用脚踢踢老婆，让老婆往边上靠。他老婆身子贴在墙边，贴得跟蝎虎子一样。三娘娘和毛在那头儿调情、亲热，说被窝里才说的话。毛的老婆忍无可忍，穿上裤子，气哼哼地走了。三娘娘跟毛闹，让毛把他老婆叫回来，让她保证不说出去。毛把老婆叫回，命老婆在床前下跪、发誓。老婆不跪，不发誓，他就打老婆。老婆被逼无奈，只好答应替他们保密。

毛家院子里还有一个养羊的棚子，毛在棚子里放了一张小床，也在那里跟三娘娘睡。一天下雨了，毛让老婆把羊牵进棚子。老婆知道毛正和三娘娘在羊棚子里睡，气得骂了三娘娘一句“小媳子”。“小媳子”恼了，跳下床就去追打毛的老婆。三娘娘用的是自己穿的高跟鞋，把毛的老婆的鼻凹子都打平了。

毛的老婆回到娘家，叫来一百多口子娘家人，对三娘娘实施报复。三娘娘一看来了那么多人，吓傻了，只好任人修理。她双手捂脸，蜷缩在地上，不管人家怎样骂她、打她，她不动、不吭，像死狗一样。

人家打完了，她才说：我是王光美，你们把我打倒，我再站起来。

她还跟一个地主家的孩子好，后来不跟人家好了，人家把她的牛药死了。她拿着刀子追赶那人，把人家的闺女吓得得了精神病。她仍不罢休，把那人告到法院，那人赔她了钱才算了事。

之后，她到山西一个煤矿去了，一边捡破

烂，一边跟矿工睡，每年回家过年时都带回不少钱。

之前她还跟村里另外一个人好，跟人家约的暗号，是人家拿手巾板往手上拍，啪啪啪三下，三娘娘就知道人家要去找她。现在的年轻人跟三娘娘开玩笑，一说啪啪啪三下，她就笑了，说那都是年轻时候的事儿。

一家养了一个娇孩子，在孩子的后脑勺上留了一缕长头发，当尾巴。孩子长到十二岁时，按当地的规矩，举行了仪式，把尾巴剃掉了。两个男孩子跟娇孩子要钱，没要到，就用刀把娇孩子扎死了，扔在村头一个老太太的床下。两个男孩子跑到阜阳，被抓住了。其中一个男孩子才十四岁，警察抓他时，他浑身哆嗦，腿软得上不去车。警察还没审他，他就说我说、我说。村里人说，娇孩子留的尾巴不该剃，一剃掉就没命了。

2000年5月19日　星期五　晴

（农历四月十六）

二姐今天回去收麦。我早上4点50分送她到长途汽车站，给她买了到安徽临泉的票，另外给了她二百元钱，让她雇收割机收麦。

弟弟已到郑州上任。新官上任，不能离岗，到周末才能回家。

母亲说，初春，生产队里的牲口就没了草吃，队里让男劳力下到河里捞杂草喂牲口。母亲参加男劳力组干活，也得下到冰冷的河水里去捞杂草。母亲对大姐说，晌午吃饭别等她。母亲想的是，河里那么多深坑，不知还能不能活着回家。结果，母亲捞了一架子车杂草。杂草六十斤算一个工分，母亲挣了三分。

秋天打豆子时，在场院里瞧场，瞧一夜给三分。队长刘本生在扫场院时对母亲说：大嫂，你看这场多干净，你瞧一夜场，也给你三分。母亲一听就恼了，说：我不瞧，就是饿死，我也不挣那三分。我闺女还没说婆家，我儿子还没说媳妇，我不能让人家说三道四。

超化矿的王春芳等三人来了，弟弟请他们在群豪酒家吃了一顿。

在租住的房子里，我每天给母亲做饭是用煤炉，今天弟弟买了煤气罐，换成了烧煤气，方便多了，也干净多了。

2000年5月20日　星期六　晴

（农历四月十七）

今天是母亲的七十六周岁生日，我们给母亲祝贺生日。庆喜订了生日蛋糕，王燕做了一桌子菜，还有侄女佳佳，我们一块儿祝母亲生日快乐！

大姐、二姐、妹妹、卫平、刘畅分别打来电话，给母亲祝贺生日，并祝母亲早日康复！

快晌午时，郑州矿工报的石宁华、冯新林、

陈洪忠等朋友来看望母亲，我没留他们吃饭，不想让他们参与给母亲过生日。母亲的生日，只对母亲和她的孩子们有意义，对别人没有任何意义。

听母亲说，我们村里几个成分好的嫂子，捉住一个地主家的孩子，扒下人家的裤子，要看看人家的鸡鸡扎毛没有。这是什么心理呢？里面或许有小说因素。

外村来的油漆匠，给我们村一户人家漆门。这户人家有一个闺女，很快跟油漆匠好上了。门漆好后，人家不要钱就走了。

母亲说，现在的人懒了，连馍都不想蒸，到街上买馍吃。而刘本新家专门蒸馍，特别是到过年时，别人都是提着布袋到他家买馍，蒸的馍不够卖。

2000年5月21日　星期日　晴
（农历四月十八）

早上带母亲到街上喝豆腐脑，吃油条。

回来见一男子用自行车带着一窝小京巴到市场去卖。小狗刚满月，共五只，颜色有白、有黄、有花，都在自行车后面的铁丝斗子里趴着。它们不动不吭，像小孩子一样。有人想买，拿起小狗，肚皮朝上，看小狗的腿裆，分辨是公是母。这时小狗仍不叫，很乖很可怜的样子。小狗不知道主人要卖它们，要是知道，不知多伤心呢！伤心的应该还有小狗的妈妈，孩子们正吃奶，就被拿到市场上去卖，它不哭才怪呢！它肯定被铁链子拴着，不让动，只能在家里落泪。

狗并没有耐心，它的耐心是拴出来的。牛的耐心也是拴出来的。人的耐心是天生和后天养成的。把没耐心的人拴起来，久而久之，也会拴出耐心来。

苍蝇是一种嗅觉灵敏的家伙，有一点气味它都闻得到。我不许有一只苍蝇到屋里来，不许一只苍蝇打扰母亲。一只苍蝇进来了，我拿起蝇拍赶来赶去，终于把苍蝇消灭掉了。

给妻子打电话，她要来看我，替我伺候母亲。我不让她来，她那么爱干净，我哪里忍心让她伺候母亲。我宁可一个人吃苦、受累。这里隐藏着我对妻子深深的爱啊！

人世间的一切都是因为被爱而存在，都是为了让人类学会爱而存在。人类创造的一切文明，凝结的最宝贵的经验，也是最有价值的经验，就是爱。

有人在楼前的空地上种了一小块麦子，麦子熟了，种麦人提来一个蛇皮袋子，用剪刀把麦穗一个个剪下来，放进袋子里。然后再把麦秆拔掉。这是一种独特的收获方式。

大山近处不显高，仆人眼里无伟人。

当了支书，看他脖子吃多粗。

他被人家抓走半个月，出来人瘦得跟刀螂一

样。

2000年5月22日　星期一　晴

（农历四月十九）

母亲不想在屋里解小手，夜里在我睡着的时候悄悄出去了，结果着了凉，受了风，咳嗽不止。母亲是好意，不想让我每天早上为她倒便盆。可母亲成了病身子，到了弱不禁风的地步。人不服老不行，不服病不行。

母亲坐在楼下和两个老太太说话，怕说话期间造瘘口老冒气，老吱哇吱哇响，就用膝盖顶住瘘口，不让出声，结果挤出毛病来了，回到屋里报复性地响个不止，还觉得肚子疼。这种时候了，母亲还顾面子，不顾身体，让人哭笑不得。

病人不是那么容易伺候的，需要付出极大的耐心。

二姐曾劝母亲不要挤瘘口，母亲顿时拉下脸子说：我知道，你就是不想伺候我！

二姐也不是好脾气，说：我不想伺候你，跑几百里到这里干啥！

早上骑自行车到清水河边转了一圈，田里的麦子已经泛黄，空气里弥漫着浓郁的麦香。

荷叶一天比一天大，快把水面盖满了。有的地方没有水，碧鲜的荷叶照长不误。小燕子贴着麦穗飞来飞去，和麦田构成动和静的关系。

一个看去有些柔弱的女人，领着两条巨大的狼狗来到河边，一条狗卧着，另一条狗站起来，到一边去了。女人过去揪住站起来的狗的耳朵，把它往卧着的狗的身边拉，边拉边训：听话不听话，你的狗耳朵是干啥的，给我老老实实卧在那里，不许动。那条狗只好卧下。别看女人柔弱，狼狗强大，只因女人是狼狗的主人，有权，狼狗得靠女人活着，狼狗只得在女人面前俯首听命。

麦收前的田野真是美丽，成熟的麦子有一种华贵的光辉。

2000 年 5 月 23 日　星期二　晴
（农历四月二十）

母亲吃饭不香，手抖索着，每次吃饭都像是犹豫和勉强的状态。看着母亲这样吃饭，连我自己吃饭都没胃口了。

我问母亲想吃什么，我给她做。母亲说她也不知道。中午我给母亲擀了面条，煎了茄子，用茄子汤下面条。母亲说好吃，吃了一大碗。

2000 年 5 月 24 日　星期三　晴
（农历四月二十一）

昨天下午，母亲觉得发烧。我试试母亲的脑门，是有点热。因担心继续发烧，只好提前把母亲送进医院。这座用于化疗的病房楼跟开封市第一人民医院不在一块儿，是人民医院租的房子。医生给母亲量了一下体温，三十七度四，当时就开了住院的单子，在医院住下了，准备开始化疗。母亲新的住院号是4294，病床号为215，在二楼。窗外是临街的老式楼房，挡住了视线，给人以高墙感和隔离感。

突然想起在北京的妻子、儿女，觉得在北京的生活真好，多么值得珍惜！归根结底一句话，无病的生活就是好生活。

先交了一千零五十元押金，其中五十元为被褥押金。

开药时又交了一千五百元押金。医生说，化疗用的药是进口药，一支一百九十八元，每天都需要打一支，一个疗程是八天。

到了医院，一切都得听医生的，病人和家属没有任何自主权。

弟弟中午到医院来过，同来的还有开封驻郑州办事处餐馆部的尤经理和一位女经理，他们给母亲带来了枣花蜜、橙子和一盒鸡蛋麦片。

母亲动手术时护理母亲的护士小陈来看母亲。母亲对小陈很是热情，给人家拿水果吃。

2000 年 5 月 25 日　星期四　半阴

（农历四月二十二）

早上带母亲到街上吃荆芥煎饼，喝稀饭。

化疗之前，还要先化验血。

躺在病床上，母亲跟我讲她当年伺候我奶奶的事。从头年的 10 月，到第二年的 6 月，奶奶卧床八个月，吃喝拉撒，全是母亲一个人伺候。母亲说不出奶奶得的什么病，只记得奶奶撒不出尿来，摸着小肚子鼓鼓的、硬硬的，就是尿不出来。母亲用手给奶奶往下捋一捋、按一按，尿才出来了。奶奶一会儿伸腿，一会儿蜷腿，一会儿翻身，都得母亲帮助。稍慢一会儿，她就嚷，说疼得肉丝子往席缝里钻。母亲摸着奶奶肚子里疙里疙瘩，跟驴粪蛋子一样，就是拉不出来。母亲给她吃大肉，还是不行。

村里有个刘先生，刘先生给奶奶开的药是老母鸡煮黄蜡，不吃肉，只喝汤。煮好了汤，母亲端着碗喂奶奶。奶奶喝着喝着，黄蜡和鸡油就粘在奶奶嘴唇上了，糊了厚厚一层。母亲赶紧把汤倒回锅里加热，再喂给奶奶喝。

奶奶对我母亲很是依赖，一会儿不见母亲在跟前就一迭声地喊，以至母亲到菜园里掐把菜，都得跑着来回。

母亲还天天给奶奶熬中药喝，三天一服中药，一服中药得拿一升小麦换，小麦被人家掂走两三布袋。

家里成天熬药，药气上升，把我家房檩上的一窝小燕子都熏死了。一窝刚孵出的小燕子是四只，都栽到了地上。

奶奶的病情不见好转，刘先生又让母亲到地里掐猫耳眼的尖子，熬成水，给奶奶过肚子。不料过得太厉害了，奶奶拉肚子拉得收拾不住。母亲把单子、衣服都垫在奶奶身子下面，一收拾就是一大荆条筐。冬天下大雪，母亲还得到坑里用棒槌砸开冰面为奶奶洗东西。积雪太深，拥住了屁股，母亲蹲不下去，只能弯着腰洗。

母亲说的话并不是很连贯，东一句、西一句，想起什么说什么。我觉得母亲有些话说得挺好的，我还是愿意记下来。

母亲感叹说：人哪，就是小时候吃东西香！

母亲想起发大水时在寨墙上用罾网鱼，罾一提，银鱼四溜子开花，一收就是一大碗。

接着母亲讲了一个人，这个人的来龙去脉还算完整。

这个人叫崔宝友，父亲在部队时，四爷介绍崔宝友去找我父亲谋事干。父亲先安排他当谍报员，不穿军装，手拿一根竹烟袋，到处搜集情报。一个连长战死后，让他当了连长。后来队伍缩编，他就回家了。

1960年大饥荒时，崔宝友一家四口到南方要饭，顺便先捞到我们家。我们家刚从食堂领回的霉红薯片子面蒸的馍，都被他们吃了。他们说好吃，一点都不苦。不料，越往南走饥荒越厉害，人已经饿死不少。他们只得往回返。走着走着，崔宝友走不动了，只好躺在路边。他老婆把被面子抽下来，盖在他身上，把闺女小妮儿放在他腿上。他有个儿子叫长海，十多岁了，由长海挑着逃荒要饭的担子。崔宝友眼睁睁地看着老婆和儿子走远了，他只有流眼泪的份儿。据说，崔宝友很快就饿死了，小妮儿被过路的人拾走了，下落不明。

饥荒过去后，崔宝友的老婆光着脊梁去一个寡汉条子家里织布，跟人家打到一块儿去了，生了一个小孩叫盘根。儿子长海到煤矿当工人，回家探亲找不着娘，他娘住到寡汉条子家里去了。

我们村里有一个人，小名叫罗汉，他家里是地主成分。他妹妹大闺儿在“文革”期间远嫁到新疆去了。改革开放后，大闺儿在新疆开了超市。罗汉的二儿子带着老婆去新疆，当姑姑的大闺儿安排他在超市站铺子。他花心，跟别的女人打到一块儿去了，使劲打自己老婆，把老婆打得不知去向。大闺儿让他走了。有人看见他又带了一个女的，到南方去了。

罗汉的四儿子在本村倒插门，插到范铁柱家

里去了。范的老婆是1975年发大水那年娶的，不高，黄病色子，不会生孩子，要了一个女孩。几年后不知怎么搞的，自己又生了一个闺女。范铁柱看罗汉的四儿子不错，就招到范家当上门女婿了。

高子亮的肚子鼓得像一面鼓一样。有人说他肚子里热火太旺，催得就鼓起来了。说老鳖是凉性，弄只老鳖在他肚子上爬爬就好了。把老鳖放在他肚皮上，老鳖缩着脑袋，睁着绿豆一样的小眼睛，不愿爬，不愿给高子亮祛火。家人摁住老鳖，强制推动老鳖爬。老鳖生气了，照高子亮肚皮上咬了一口。

高八点的孙女叫春燕，七八岁了。一天中午，奶奶叫她吃捞面条，她不吃，说去钓鱼，至晚不见回家。人说看坑里那是啥，谁家的黑鸡？再一看，是春燕的头发漂起来了。收棒子的季节，水都凉了，高八点下水，把春燕捞上来。春燕身子都硬了，泡白了。家里人都不明白，钓个鱼咋会淹死人哩！

春天水干了，在春燕淹死的地方挖坑泥，挖出了一条嘴上长胡子的大泥鳅，泥鳅嘴上挂着一个鱼钩，鱼钩上拴的还有线。泥鳅还活着。

高八点承包了一块水塘，养鱼。村里小孩子偷他的鱼，还骂他。他耳聋，听不见人家骂的什么。他还打听，问人家喊什么呢。他一撵，腿快的孩子们就跑了。他一离开，孩子们又来了。算了，不养鱼了，捞上来吧。他下水布网，冻得浑身打哆嗦。他从此病了，一病不起。他日夜坐在床上，坚持不躺下，担心一躺下就永远起不来了。后来不会说话了，伸着两只胳膊，示意给他穿丧衣。他的堂弟高子立不让给他穿，说一穿丧衣，他就不中了。结果，他支撑不住，还是躺倒了，一躺倒就死了。

弟弟庆喜 1979 年考上河南大学，是一件大喜事。二姐说要放电影，因天老下雨，电影没放成。母亲说比娶个儿媳妇还要高兴，上街割了一块肉，要请客，庆贺一下。请刘本功，刘本功说他弟弟家的牛生病了，要去看看。请刘本堂，他说他已经睡了，夜里不出门。请刘本孝，他说疟子上来了，正发烧。刘本成不在家，那就请请三爷吧。三爷也睡了，说他兜里还有两块钱，掏走吧，路上渴了喝碗茶。请了一圈未能请到一个人，母亲不悦，说算了，关上门咱们自己吃。后来刘本会、刘本现去了，每人掏五块钱。这件事对母亲的精神构成了打击，她跟我说过好几次。母亲想不开。其实好多事情都是这样，对自家来说是一件喜事，对别人来说，就不见得是喜事。

母亲想自己动手清理拴在腰里的便袋，脚下站不稳，险些摔倒。母亲长出口气，承认自己没劲了，不行了，要是摔倒在地，非瘫痪不可。

2000 年 5 月 26 日　星期五　阴

（农历四月二十三）

空气里有雨的气息。

母亲养成了早起的习惯，四五点钟就醒了，就要起床。每天 5 点，我都要为母亲更换一次便袋，并用热毛巾为母亲清洗瘘口。

二哥给王燕打来电话，说他家的麦子已经收完了，收成不赖，每亩地合七八百斤。

昨天化验了母亲的血和肝功，指标都正常，今天可以开始化疗。

化疗期间，每天只能带母亲到街上吃饭，或把饭给母亲买回来。开封街上卖小吃的很多，早上有胡辣汤、豆沫、小米粥、豆腐脑，还有油条、油角、糖糕、蒸饺、水煎包等。不时看见捡垃圾的老人走过，还有留长头发的像是艺术家一样的人，或许是精神病。

母亲说到民国三十一年，河南大旱，从头年11月到第二年春天就不见一点面丝儿。到地里把麦苗扒出白根，用铲子一铲，把麦根铲下半截，拿回家切碎，放在锅里煮，下点榆皮面浑浑汤。人就靠喝那点东西活命。

怎么弄榆皮面呢？用刀把榆树根部打圈一拉，从下往上吱啦一撕，撕到上头，等于剥了榆树的皮。不要表面的那层老皮，只要里边的白皮。把白皮切成小块，晒干，放在碓窑里砸。砸碎，用罗过过，再砸，再过，榆树皮就变成了榆皮面。往铁锅里下榆皮面时，只放一小撮，让清汤子扯扯手就行了。榆皮面胶黏性很大，不敢多下，下多了，成了坨，一不小心，一口就喝下去了，跟吞了一个牛衣胞一样。

到了春天，一种叫狗儿秧的野菜发出来了，人们把狗儿秧连根拔出来，把干红薯秧放在碓窑里砸砸，罗罗，跟狗儿秧一块儿煮着吃，有盐放点盐，没盐吃淡的。

人动动就能活命，哪怕喝点盐水，喝点辣椒水，也管点事。不动的，越来越不想动，后来就动不动了，被活活饿死了。好几个庄子没了人烟。

大姨家的儿子在姥娘家偷了七毛钱，姥娘撵他走。母亲送他回去，问他钱买啥了，他说买了一把花生，连皮都吃了。他回家后，不几天就饿死了。母亲想起来就后悔，说要是知道他会饿死，说啥也不能撵他走，喝口菜汤也能活命。

那时大舅在开封当厨师，给姥娘弄了一些大烟土，缝在姥娘的棉袄里，想让姥娘带回家去换钱，谁家死了人，就送给谁家一领席。当时开封已被日本人占领，开封的票子是日本人发行的，在尉氏县不能用。而尉氏县的票子在开封也不能用。大舅的意思是让姥娘用大烟土换尉氏的票子。不料姥娘出城门过岗哨时，带的大烟土被岗哨搜走了，姥娘连一分钱都没换成。

这期间姥爷死了，当时才十几岁的母亲，和他的弟弟，也就是我的五舅，为姥爷办丧事。买不起棺材，向备了棺材的人家借了一副棺材，把姥爷埋了。母亲担心人饿得抬不动棺材，上树捋了不少柳叶，煮煮，泡泡，做成团子，给抬棺材的人吃。那家人也死了，却没了棺材，只好软埋。

麦子开始抽穗，打泡。饿急的人把麦泡一抽，放在嘴里嚼嚼，嚼得嘴角冒绿沫子。接着大麦有仁儿了，可以揪下来，砸砸，打稀饭。喝了麦仁打成的稀饭，人身上就有劲了。有的大麦成熟后，没人收，因为在这之前种麦的人饿死了，成片的大麦没了主家。母亲他们就把那些没了主家的大麦割下来，磨成面，蒸成馍，拿到集上卖钱。

熟罢大麦熟小麦，遍地金黄，真好看哪！正在人们高兴的时候，传说黄河开口子了，黄河水跑过来了，跑得比一群老虎还要快。我的娘啊，大人喊小孩，男人喊女人，赶快跑吧，往远处跑来不及，先往高处跑。人们齐呼乱叫，把喉咙都喊哑了。喊着喊着，大水哇哇叫着就来了，平地涨水，一转眼到腰窝高。又一转眼，水淹到了脖子。麦子怎么办？麦子都被水淹在水底下，只能下到水里捞。会水的男人下到水里，腰里拴一根绳子，捞起一把麦子，拴在绳子上，在身上拖着。捞多了，运到河堤上。没等晾干，第二天一看，麦穗已经沤烂了。

母亲不理解化疗是啥意思，她以为是用刀把人的皮肉划开，再用针缭住。看来人的思维靠的是语言，你脑子里有多少语言，只能用那些语言思维。母亲不识字，只听说过划和缭，没听说过化学治疗这个词，当然无法思维和想象。其实以前我也不知道化疗的过程，医生给母亲化疗开始了，我一直守在母亲身边，才知道了所谓化疗的全过程。先输一瓶葡萄糖水，再输一瓶加了叶酸的盐水，接着用一台像是旧式飞机那样的机器，输一种化学药物，全程由电子控制，大约需要六个小时。

六个小时是漫长的，母亲眯着眼睡一会儿，醒来就跟我说话，用说话打发时间。母亲说，我姥爷在开封城是有名的厨师，带了好多徒弟。姥爷对徒弟很厉害，徒弟在前面炒菜，他在后面坐着，把徒弟吓得直打哆嗦。有一次，徒弟炒菜出错，他抄起一把铜勺子，啪地拍在徒弟头上，能把铜勺子拍得翻过来，底子鼓得朝上。

二姐家的狗咬人，咬过一个小伙子，还咬过一个小闺女。几条狗恋爱，小伙子逗狗，把二姐家的狗逗恼了，狗把他扑倒了，把腿咬得流了血。咬那个小闺女时，小闺女在地上滚着，吓得哇哇大哭。这样的狗不能要，二哥二姐决定把狗打死。叫来邻居家的一个小伙子，趁狗低头吃东西时，一钉耙夯在狗头上，没把狗夯倒，狗凶恶地向小伙子扑过去。小伙子吓坏了，赶紧用钉耙抵挡。二哥赶紧抄起铁锹，二人又夯又砍又拍又铲，总算把狗打死了。

我家也养过一条黑狗。有一段时间，母亲到矿务局给我们看孩子，弟弟天天到学校教书，外带复习功课，准备参加高考，只有黑狗在家。弟弟去学校时，黑狗一路送行，送到北小桥返回。它自己找点食吃，晚上在门口看家。

我见开封的小女孩把小京巴背在背上，两手扯着小狗的两条前腿，跟背一个小孩儿一样。小狗乖乖的，睁着眼睛，一声不吭。

晚 8 点左右，弟弟来到医院询问母亲化疗的情况。

2000 年 5 月 27 日　星期六　多云

（农历四月二十四）

早起带母亲到附近的鼓楼街、三眼街转了一圈。母亲精神状态不错。只是化疗之后，母亲大便干结，呈颗粒状。

听母亲说，王燕的三姐夫叫小金，在公路段工作。三姐对小金很厉害。小金有一次切葱，辣出了眼泪，揉着眼从厨房出来。三姐说他一点苦都不愿吃，切点葱就哭。还有一次，小金问岳母，一个字也不识吗？三姐立时勃然大怒，说我们兄弟姐妹七个，没有一个嫌俺妈不识字，你滚！

今天是周六，弟弟上午在医院值班，我去大浴池洗个澡，再洗洗衣服。

回到租住的房屋，听见同是租房住的大学生们在弹钢琴、唱歌。他们唱的是关于黄河的歌，歌声悠远。

看了一眼电视，播的是日本电影，没看开头，不知片名，只看了一个尾巴。画面是一个女孩子送一个男孩子登船远行。女孩子使劲朝站立在甲板上的男孩子挥舞头巾。随着轮船渐行渐远，女孩子的头抵在墙上哭了。一部电影只看这一点就够了，它让我想起妻子。这种离别的细节是动人的。

差不多两个多月没写小说了，又想写小说了。只有小说才能抒发自己的情怀。

下午回到病房，看到病房百态。一位六十多岁的老人，食道动了大手术，一年多积水，伤口愈合不好。在肚子上捂了一个大毛巾包，上面浸满酒精，以免气味熏人。一位七十多岁的老者，患胃癌，疼得老是呻吟。三个儿子都在跟前陪护。

王燕的大姐给母亲送来了大米红枣粥。

生产队里死了一头驴，一个叫狗头的人抢先把驴圣割下来，放进砂锅里煮。驴圣筋头巴脑，不好煮，越煮越硬，越煮越短。狗头不等煮熟，抓住就啃起来，啃得满嘴流油。

二姐村里有一个漂亮媳妇，钻进棒子地里偷掰人家的棒子。人家听见了，并不急着吼她出来，尽着她掰。等她掰了一筐棒子出来，人家正站在地头上等她，说：我没请你替俺掰棒子呀，你掰得不赖！媳妇满脸通红，说筐里还有她自家的棒子呢！

刘庆宇的老婆偷扒刘本爱家的红薯，刘本爱看见了，对她说：用手扒不得劲，你回去拿个钉耙来扒吧。她无话可说，丢下红薯走了。

生产队时，妇女趁摘棉花时偷棉花。裤腰带放松着，手老往裤裆里伸，像是挠痒痒。下地时穿的单裤子，回家差不多成了棉裤。还有的妇女，在割豆子时往裤裆里装毛豆角子。毛豆角子支棱八叉，那些妇女也不怕扎得慌。收工时，队长站在村口，让那些偷了豆角子的妇女把扎裤腿的带子解开。带子一解开，不管妇女的两条腿夹多紧，豆角子还是从裤腿里掉了出来。

2000 年 5 月 28 日　星期日　阴

（农历四月二十五）

母亲化疗第二天，除了化疗，还要吃好几种药。

和刘大夫交谈，询问整个化疗方案。一个疗程为三个周期，一个周期二十一天，总共需要六十多天。

向一位正在接受化疗的老师请教，她六十六岁，得的是乳腺癌，她做手术已五年，术后只化疗一个疗程。她认为自己没事了，可以“摘帽”了。结果证明，她大意了，癌细胞已转移到肺部。现在治起来比较难了，打一针需一万多元。

2000 年 5 月 29 日　星期一　阴

（农历四月二十六）

早上去给母亲买了大梁包子。用大笼屉蒸的

大包子，素包子肉包子都有，挺好吃的。

母亲坚持自己去卫生间洗脸、刷碗。

想儿子了，给儿子打了一个电话。

母亲讲，抗战期间，不知是哪一仗，父亲所在的部队有两个连，全部战死，一个都没有回来。有一个连长，临上战场前，交给他老婆一截竹竿，里面藏了几个金戒指，让老婆回家。连长阵亡，连长的弟弟哭了几天，连哥的尸首都找不到。我父亲给了他五十块钱，让他回家去了。

日本人投降时，男男女女都哭得很厉害。他们挖一个大坑，把毛毯、衣服等扔进坑里，浇上汽油烧掉了。人死了，裹上毛毯，也是浇上汽油烧。

现在开放了，妇女也到河里洗澡，晚上洗，白天也洗。晚上脱光衣服，衣服放到一堆儿。白天只穿裤衩，光着膀子，在水里打扑腾。小伙子们站在水边，用土坷垃砸她们。她们一块儿骂人家。洗完了到庄稼地里，脱下裤衩，拧拧，换上长裤子回家。

以前农村妇女都不穿裤衩，觉得穿裤衩浪费布，穿不起。涮筒棉裤穿一冬，裤裆里成了嘎巴山，一捏乱掉渣儿。

过去男的在河里洗澡，有妇女过，赶紧蹲下身子，用水把下半身淹住；现在见妇女过来，站得更高些。

老唐的闺女春花，还没结婚就招男孩子在家里睡，天不明男孩子跳墙走。老唐骂人：娘哩个腿，一夜都不让俺闺女睡觉，嘁里扑腾的，烦人！那小子娶了春花后，偷他二大爷家的牛，被判了刑。

晚上女儿刘畅打来电话，要问候奶奶。女儿和儿子分别跟母亲说了几句话。母亲一听见她孙女、孙子的声音就哭了。

2000 年 5 月 30 日　星期二　晴

（农历四月二十七）

一大早，母亲起来洗脸、倒便盆。

二哥小时候，夏天都是光着脚去上学，脚上烫的都是泡。

我们村有一个地主家的儿子，叫星堂。星堂在村里常遭贫下中农孩子们的欺负，两个耳朵眼里都被塞进了玉米豆儿，怎么掏都掏不出来。谁跟他说话，他就摆摆手，表示听不见。

以前的妇女，没有什么避孕措施，对怀孕的事一点都抵挡不住，哭着喊着不想再要孩子了，一弄，又怀上了。全良他娘怀孕后，千方百计往下打。先是用桐油煎鸡蛋，吃了后上吐下泻，肚子里的孩子就是掉不下来。她又搬一块扁石头，压在肚子上，在屋里来回走，从里间屋走到外间屋，又从外间屋走到里间屋，孩子还是不掉。她男人是个大力士，她不愿跟男人睡一块儿，她男人跟抓一只小鸡儿一样，就把她抓过来了，强行跟她睡。

我有个堂婶子，生孩子生怕了，也是怕怀孕，每天睡觉时千方百计躲避堂叔。有一天堂婶子躲到我们家磨道里睡，还是被堂叔找到了。堂叔说：你就是跑到天边，也跑不出我的手心。一有了那事之后，堂婶子就咧着嘴大哭。小时候，我们不知道堂婶子为啥哭，以为堂婶子家里发生了什么事，都跑过去看。大人知道怎么回事，说啥事都没有，不让我们去看。

刘本仁的大儿子立新，在南京抢劫杀人，被枪毙了。立新才十八岁，长得高高胖胖，很排场。他爷爷在南京退休，他想让他爷爷帮他找一份工作，没找到，却把命丢在了南京。是他姑姑金枝为他收的尸。

刘本仁在窑场里捡了一个闺女，叫月民。月民长高了，很有人样儿。她知道是家里人把她扔了。后来她娘找到她，去认她。她不认她娘。她娘说：我是你姨。月民说：我没姨，你走吧。月民初中毕业，逢集骑着自行车到集上做生意，卖袜子什么的，很有自立能力。

下午去火车站，买了6月2日晚上回北京的火车票。

深夜2点，有病人死了，楼下哭成一片，哭

着向西大街走去。

2000 年 5 月 31 日　星期三　晴

（农历四月二十八）

母亲听说我要回北京，显得有些焦躁，发愁没人伺候她，夜里睡不着觉。母亲还提出不再化疗，化疗完一个周期就出院。我向母亲解释，说我回北京看看，很快就回来，母亲才平静下来。

早上和母亲一块儿到街上吃早饭，豆腐脑和油条。

上午 10 点多，当天的治疗就完成了。我和母亲雇了一辆脚踏人力三轮车，回到苹果园租房处。车夫蹬得有些吃力，累得汗都出来了。从医院到苹果园的车费是四块钱。我向车夫道辛苦，车夫说：这没啥，为了挣钱，就不能怕出力。

2000年6月1日　星期四　晴

（农历四月二十九）

昨天回到苹果园前，我把我骑到医院的庆喜的自行车推到院子里，以免丢失。不料今天一早我和母亲回到医院一看，自行车还是被小偷偷走了。看来这里小偷不少，可恶！

二姐一早打来电话，询问母亲的化疗情况。

母亲爱和病房里的其他人说话，人家不跟她说话她不高兴。病房又来了一个女人，是做结肠化疗，人家不爱说话，习惯沉默。母亲说人家连个猴子都不如，猴子还会对人龇龇牙，而新来的女人，连看她一眼都不看。我劝母亲对人家要宽容，一个人一个性格，得尊重人家的性格。母亲说，她每天吃饭都是到大门外边去，一边吃，一边跟人家说话。

中午，刘新福请我和弟弟到黄河岸边喝酒，在柳池中央的一个沙岛上。沙岛三面环水，风景优美。岸边长满蒲草和芦苇，苇喳子叫得很响亮。主要是吃野味，有野兔、野鸭、野鸡和各种鱼。参加者还有高树田、孙富山、王希亭等。喝的是本地产的柳池酒，酒喝了有五六两，微醉。

这天中午，弟弟家出了一点事，两个自称是尼姑的女人，把一个人在家的侄女给骗了。尼姑称我弟弟有灾，让侄女把家里的钱拿出来，给她爸爸消灾。侄女不知钱放在哪里，尼姑帮着动手翻找。侄女把她妈妈的金戒指找出来了，给了尼姑。尼姑假装把戒指包在一个红纸包里，给了侄女，说戒指和消灾的方子都在里面，但现在不能打开，三天后才能打开。尼姑离开后，侄女给她妈打了一个电话，说了情况。她妈说骗子骗上门了，赶快打开纸包看看。侄女打开一看，是一个空纸包。

孩子都是在吃亏中长大的。恰巧这天是儿童节。

大学生们在租住的房子里弹琴唱歌，唱的是

“苍山如海，残阳如血”。

2000年6月2日　星期五　晴

（农历五月初一）

让妹妹来医院陪护母亲一段时间。

晚上，高树田、开封作家王不天等，请我和弟弟去鼓楼夜市吃小吃。开封的小吃品种很多，也好吃，全国有名。

吃小吃时，见几个怀抱吉他的小女孩，穿行于小吃摊之间，手里拿着用塑料纸包着的纸牌牌，牌上写着歌名，请吃饭者点歌，五块钱三支歌。朋友交了钱，让两个小女孩唱了歌。其中一个女孩唱的是《杜十娘》，凄婉动人。这些女孩都是十一二岁的样子，描着眉，眉心点着红点，穿着小旗袍。她们的年龄正该在学校读书，怎么成了流浪艺人呢？问她们，她们说有人带她们来的。

当晚乘车回京。

2000年6月3日至6月12日

此期间的日记因与陪护母亲无关，故略去。

2000年6月13日　星期二　晴

（农历五月十二）

昨晚坐了一夜火车，今天一大早再次来到开封陪护母亲。

妹妹6月5日就来到了开封，一直在租住的房子里伺候母亲。

听妹妹说，她这次坐长途汽车来开封，路上遇见了小偷，一共四个小偷。小偷都穿着西装，拿着手机，装得人五人六。一个女的，在城里下了岗，回老家借钱，准备做点生意。她借了一万多块钱，包在小孩儿裤子里，装进提包。女的抱着小孩睡着了，小偷把她的钱翻了出来。小偷没想到翻出那么多钱，往裤子口袋里装钱时，激动得手都抖了。偷完了钱，四个小偷让司机停车，就下车了。

小偷偷钱时，被跟妹妹坐一趟车的妹夫的工友王心德看见了，小偷威胁王心德，敢说话就掐死他。

一个小伙子，带的四百块钱夹在书本里，放在提包里，也被小偷掏走了。他睡着醒来时，见有人动他的包，但没有打开。其实小偷已经把钱偷走，又把提包的拉链拉上了。小偷下车后，他打开提包，才发现钱没了。他一嚷“坏了，钱没了”，才引起了那个妇女的注意。那个妇女一看自己的钱也没了，顿时大惊失色，让司机赶快停车，赶紧报案。

警察骑着摩托过来了，可已经晚了，小偷早就没了踪影。

妹妹也被小偷用刀子割了包，掏走十五块钱。她兜里还有三十块钱，差点被小偷掏走。王心德巧妙地提醒她，说艳灵，你的身份证呢？

妹妹坐车晕车，吃了治晕车的药，也睡着了。王心德一喊她，她醒了，才保住了兜里的三十块钱。妹妹说，以前光听说小偷厉害，这一回才知道了，小偷是大偷，跟土匪差不多。

母亲知道我今天要回来，早上4点多就起来等我。

我和妹妹送母亲到医院打吊针，为第二周期的化疗做准备。

2000年6月14日　星期三　晴

（农历五月十三）

早上5点30分起床，6点多打出租车送母亲到医院抽血，化验肝功。之后带母亲去吃了豆腐脑和鸡蛋。

妹夫王锦民原是我的工友。近些年煤矿效益不好，发不出工资，锦民让我找了矿务局的领导，批准他提前退休。退休后，锦民回老家种地去了，种的有玉米、豆子、芝麻，还有棉花。妹妹说，他种田很热心，也很下力。干活干累了，回家吃两个变蛋，喝一瓶啤酒，再下地接着干。

妹妹家里安得起电话，但不想安。她怕在外面打工的人往她家里打电话，她不喊人家接电话不合适，又不好意思跟人家要钱，干脆就不安。

老家街上的精神病人满闸，在街上游荡多年，靠乞讨和给人家推磨为生。前不久拿苹果蘸老鼠药吃，头拱地，一会儿就死了。

母亲在家时买了老鼠药，把药分散放在屋子的阴暗处，并不走远，坐在院子里等动静。一会儿，屋里就传出扑腾扑腾的声响。母亲回屋一看，药死了五六只老鼠。老鼠都很大，大得像猫一样。

拿着药死的老鼠，可以到街上换老鼠药。换回的老鼠药，老鼠们就不吃了。

村里的懒王、老吴、刘本运死时，有一个共同特点，就是肚子很大。把人装进棺材，抬起来棺材里咣里咣当的，抬棺材的人都不愿在后面抬，怕熏人。

田美琴的棺材比较沉，因为是用湿桐木做的。

赖货死后，他哥不让把他埋在老坟里。他哥的老婆老唐先死，已经埋在老坟里。因为赖货一辈子没娶到老婆，他哥担心，赖货会趁他还没死，去找他老婆。

下午，和妹妹一起带母亲到清水河边散步。藕池里满池的荷叶长起来了，还长出了荷苞和荷花。有风吹过，荷叶一路翻白，一股股清凉之气。荷叶初生裹在一起，挣破一层白色的薄膜，露出尖角和长满嫩刺的站秆。荷叶刚展开时，两边对卷。等荷叶全部展开，叶面就平端起来，成一柄伞状。荷叶秆上附着水鳖子蜕的皮，秆子随风摇动，水鳖子皮也摇动，跟活的一样。新奇的是，在荷池的池埂上，照样能长出大片的荷叶，露出尖角一样的荷芽。荷叶是碧绿的，荷芽是嫩黄的。在旁边的一片草丛里，也有一支荷芽，只是有些发黄，显得很瘦弱。看见一条小蛇在小路上艰难爬行，我蹲下身子，用草帽的帽檐儿碰碰它，它才加快速度，跑到草丛里去了。

妹妹说她在生产队拾棉花，拾到这头，那头一片白；拾到那头，这头又一片白，拾不及。

阴天下小雨，妹妹她们站在坑边往西地里看，能看见不少阴灯笼。阴灯笼绿荧荧的，乱碰，一个碰俩，俩碰出好几个。西地里种的有藕，队长以为有人打灯笼偷藕，组织基干民兵到地里去追，结果什么都没有。

2000年6月15日　星期四　晴

（农历五月十四）

早上6点30分，和妹妹打出租车送母亲到医院化疗。

二姐打来电话，询问母亲化疗的情况。我问她种的西瓜结瓜了没有，她说没有，种的西瓜，还有薄荷，都死了。

锦民当工人时，有一段时间迷上了打麻将，赌博。听说有人来，赶快钻到床底下躲避，怕被人抓走，罚款。打麻将期间不敢喝水，因为一喝水就要撒尿，一撒尿就会中断打麻将，坏了手气。长时间不喝水，上火，嘴干得起泡，嘴唇烂得跟烂柿子一样。他退休回家后，妹妹坚决反对他再打麻将。他说不打，去看看。妹妹连看都不让他看，说不打看什么。

锦民有一个工友叫严俊图，严通过倒票子骗钱。他骗人不脸红，声音很大，好像比被骗的人气还壮，受骗的人往往被他镇唬住了，迷了脑子。通过骗钱发了财，他跟一个女人好上了，并跟女人打干亲，女人的闺女叫他干爹。他给女人买呢子大衣、皮鞋，还指着女人家新盖的楼房，说这就是用他的钱盖的。严的老婆说，要不是她男人挣的钱填了别的女人的眼子，她家的日子过得不知道有多好哩！

母亲说到，张庄寨的地主叫李刚，李刚吸大烟上瘾，人瘦得像根柴一样。枪毙李刚时，我们村的地主范鹤楼陪绑。干部们知道范是识字人，胆小，故意考验一下他的胆量如何。枪一响，他吓得屙了一裤裆。

地主刘万荣，不识字，也怕死。村里斗争他时，给他嘴上戴上牲口才戴的竹子编的笼嘴子，笼嘴子里还塞进麦草，由他儿子牵着他去李楼。枪毙人时，后面枪一响，他也是吓得屙了一裤裆。

那时枪毙人，都是先开公审大会，欢迎大家去看枪毙人的场面。我们村里有一个闺女叫蝶，去看枪毙人，她被后边的人群推动着，站得离死刑犯太近了，结果枪一响，犯人的头一开花，犯人的帽子飞起来，差点落在她身上。她吓得得了惊风，一会儿惊一阵。惊风上来，就使劲揪住她娘的衣裳襟子不放。时间不长，蝶就死了。蝶是被吓死的。

2000年6月16日　星期五　晴

（农历五月十五）

早上刚过5点就起床了，到室外活动身体，

到藕池边看藕。早上土地潮湿，空气湿润，荷叶更显新鲜。一方藕池里养了很多鲇鱼，鲇鱼举着两根小胡子，张着阔嘴在荷叶间乱游，把水里弄得很热闹。

一张荷叶，微黄，从旁边的花生地里长了出来，并铺展开来，显得很阔绰，像是给花生打伞。

花生叶子如同放大的合欢树的叶子。晚上，花生的叶子也是闭合的，白天才张开，哪怕是阴天也张开。看来花生的叶子在夜间也要休息。

前面记有长灯家娘和长灯。长灯有四个孩子，两儿两女。一个儿子因打架把人家的胳膊砍断了，被判了刑。另一个儿子，戴墨镜，手里拿着本子和笔，装成采访的记者骗人。他的两个女儿都到城里去了，打扮得跟“花扑克”一样，身上冒香气，挣了不少钱。她们手指头缝里漏的钱，给了她们的爹一些，家里盖了一座小楼。

2000年6月17日　星期六　晴

（农历五月十六）

弟弟从郑州回来了。中午和弟弟喝了点酒，所谓劲酒，喝了一小瓶，二两半，晕晕乎乎。

昨天在医院陪母亲化疗期间，母亲和妹妹讲了不少鬼的故事。

夜里老听见苇子坑里有凄厉的叫声：拨眼啊！拨眼啊！发音很清楚。天明了，有人到苇子坑里一看，一根新发的苇芽子，从一个骷髅的眼眶里长出来了。那人把苇芽子拔掉，鬼就不叫了。

有一个地方的集是五更集，天还不亮，人赶集，鬼也赶集。鬼卖的油条是鞋壳篓子，鬼卖的烙馍卷小鱼儿是树叶子卷蛆，都是恶心人的东西。一个小鬼对一个人说：大哥大哥背背我！这人知道是鬼，背上鬼就不撒手。鸡一叫，小鬼现了原形，是一块锨板子骨。这人把锨板子骨拿回家，砸碎熬汤喝掉。从那以后，所有的小鬼都怕他，一见他就跑，说哎呀，不得了，吃鬼的人来了！

一个妇女被鬼缠身，一心想死，觉得死了才痛快。这天，她做好了绳子套，准备上吊。她把一个高粱篾子编的篓子倒扣过来，想蹬着篓子上去，把绳套拴在房檩上。篓子是空的，很软，平日里不可能禁得住一个人。可这天的篓子变得很硬，她上去都踩不扁。她一想，坏了，一定是鬼在篓子底下顶着篓子，在给她创造上吊的条件，让她死。她要是死了，鬼就可以顶替她，托生成人。她心生一计，说反正要死了，烧点水洗洗头，洗洗脚，把自己洗干净点再死。她烧了滚烫的一锅开水，起到盆子里，哗地朝篓子上泼去，把小鬼烫得吱哇一声逃窜了。从此，她再也不想死了，她知道了，她要是死了，正中鬼的下怀。

如果水面上漂着一个秤砣，千万不要下水捞秤砣。秤砣是铁家伙，漂起来很反常，一定是有水鬼在水下举着秤砣当诱饵，谁要是下水捞秤砣，准得被水鬼拉到水里淹死。

我有一个堂哥，是暑天生的，叫刘庆暑。堂哥小时候老是生病，成天价咧着嘴哭。堂叔不耐烦，认为一定是有鬼附在堂哥身上。而要把鬼消灭掉，必须把堂哥一块儿消灭。堂叔搬来一把铡牲口草用的大铡刀，准备把堂哥抱到地里拦腰铡断。三奶奶不同意，说鬼的耳朵灵得很，一说就到了。果然，鬼听说要铡它，就从堂哥身上撤走了。堂哥保住了一条命，后来长大成人，目前在深圳打工。

2000 年 6 月 18 日　星期日　晴

（农历五月十七）

母亲上午继续在医院化疗。

妹妹说她出嫁后，大队想让她当干部，因为不识字，她不敢当。连一个瞎字皮都不识，凭啥当干部呢！

母亲说，妹妹还不如她，她虽然也没上过学，但还认识几个字，起码认识自己的名字。这时母亲身边正好有一张报纸，母亲指了标题上一个“大”字，说那是个大字。母亲一伸手不当紧，扎在她手上的针头脱落下来，还带出了血。我赶紧喊来护士，重新为母亲扎好针，并用胶布粘牢。

母亲讲到，二姐家那村有一个小闺女喜欢上学，学习也不错。母亲见过那个小闺女，长得可好看了。后来家里不让她继续上学，她就喝农药死了。好可怜的一个孩子。

吃过晚饭，母亲在屋里休息，我和弟弟、弟妹、妹妹到外面看月亮，听蛙鸣。月亮已从东方升起，又大又明，照在地上白花花的，遍地都是月光。蛙鸣听来有些幽远，像是旷古的声音。

2000年6月19日 星期一 半阴

（农历五月十八）

早上听一个遛狗的人讲，一户人家在院子里养了一只大白鹅，鹅每天在院子里走来走去，见生人进院子就大声叫，并把长脖子伸得像蛇一样贴着地面，向生人发起攻击。从看家护院的角度讲，那只鹅比一条看家狗还厉害，还尽职尽责。当鹅老了，不再下蛋时，家里人就把鹅杀死了。鹅头被菜刀斩断后，鹅还梗着脖子在院子里跑。奇怪的是，四合院四面都是墙，断了头的鹅却不撞墙，它跑到墙边就拐了回来，跑到另一墙边又折了回来，分寸掌握得恰到好处。鹅脖子嗞嗞冒血，白鹅变成了红鹅，院子里也洒满了血，鹅脖子上的皮已脱落下去，血红的硬脖管还是高举着，显得十分骇人。

这个细节以后写小说也许会用得上。要不是听人讲，这样的细节很难想象出来。

到今天，我离开工作岗位有一个半月都多了，报社扣了我一个月工资，打电话催我回去上班。

扣工资的事，我压在心底，没跟母亲提及，我怕母亲知道了心不安。

母亲像是有某种感应，说我伺候她时间太长了，她现在啥都能自己干，让我回北京上班。

弟弟和弟妹也说，母亲由他们伺候，让我尽管放心。

至此，我陪护母亲告一段落。当晚乘车回京。

2016 年 12 月 8 日至 2017 年 1 月 3 日

改就于北京小黄庄

陪侍母亲住院日记

备忘录

日期 / /

2000年4月6日 北京 有风，黄沙漫漫

订好去安徽新集的火车票，准备去参加一个全国农村先进文明村的会议。此前给母亲寄了三百块钱，给母亲过生日花。母亲的生日三月三，是临店镇的庙会。给母亲打电话，问母亲怎么去赶会，钱收到没有！打了好几次，没人接电话，我想，是否母亲被大姐请到她家去了，因为她家离镇上近一些。

接着给二姐打电话，也是猜母亲可能去大姐家了。二姐说到时候接着看看。我说先不用去，因4月5日我给母亲打电话，母亲声音还很硬朗，不会有什么事。二姐也说到，母亲有一段肚子疼，二姐给她找一些药吃吃，有缓解，说不疼了。

我心里还是不踏实。

当晚我乘401次火车去了新集，早上7点多到。

4月7日（农历3月初三），新集，春光明媚

到新集宾馆住下后，到后面小花园散步、看书。花园花卉品种很多，桃花正开，牡丹初绽，柳树绿得很好，还有小鸟在叫，也有人在习剑。

我坐阴柳下的石凳上，看完了一本新的《书摘》。

晚上外甥永奎去看我，给了他一本新出的长篇小说《孤巢》。

估计母亲该从会镇回来了，打了几次电话，仍没人接。

记事

4月15日（农历3月11）星期六，晴好，无风。

6点起床，做功，听新闻。

母亲早上喝了一碗小米稀饭，吃了一个鸡蛋。

8点，市委侯副秘书长和吴子强去看望母亲。

给母亲买了两个包子，母亲不想吃了，吃不下。

中午回来换衬衣。庆善说，刘光福、高树田也看母亲。

下午，张艳梅、朱伟他们去看母亲。王燕和佳佳也去。

给二姐打了一个电话，把母亲的情况向二姐通报一下。

今晚，朱伟晚间住医院陪护。

4月16日（农历3月12）星期日，晴好，风和日丽

早七点，和庆善一块儿到医院。给母亲买了小米粥、烧豆腐。还剥了一个熟鸡蛋。母亲吃饭正常。

昨晚到书店买了一本我自己的自选集。

昨天还买了一本《民国那些事儿》。

一土匪刚吃了两家人，土匪已穿出来，被守村人发现，包围，用红缨枪乱戳乱扎，肚子里面的五脏更是流出来。土匪临死时，村人在洞口里放了一口锅，将下匪肢从土匪腹上的肉剜。结果炼出许多油，不少人拿回家去点，擦土车。

刘镇长把它写出来，一边写了我书稿。后来，夜间刘把人间搞了。弄出二十多块银洋。一人弄不走，就抓在一个土匪头上，扛到桥那边扔下。第二天，好多人去看——

备忘录
日期 / /

国京在麻醉情况下还操心，让别人去吃饭，让告诉桂梅她在哪里。还看我脸上的样子。

侯会计、副处长等人来了。

赵同能主任到了。

今日应该是不错的日子。

手术前，我写到在三个协议书上签了字。

在一个协议书签的是：完全相信医院方面良好愿望、人道主义精神和医务人员的技术水平，同意手术，郑重拜托！

在手术单和麻醉单上写的是我的名字。

已经12点了，国京的手术尚未做完。

其间血压升到200多，因为麻醉的全麻。

国京在清醒的状态下，手术有些紧张，导致血压升高。

术前，护士让我把国京的戒指、耳环都取下来了，手术期间不让戴这些。不戴任何身外之物。

吴广跃、王振宇、高树田等人在楼上等。还有王燕二姐和丈夫。

医务处王振到过这里，手术组织严格按程序进行，协调化到开封市以前在郑州西郊工作。

直到下午1点钟，国京才从手术台上下来。

国京脸色苍白，头发散乱，我和医务人员从楼上去接送手术车，推到监护室，也叫抢救室。

上午，医生把从下面的东西给我看了，挺大的。

到了监护室，国京其它方面，身上插着九个管子，有吸

记事

睡着了。一切都挺好的，我就不走几步。

母亲的大便里得很小，像个孩子。这就是生养那么多孩子长大的母亲，就是她生了我们，养了我们。如今她很衰老，也很脆弱。有时还显得很烦躁，一会儿要扶起来小解。我去跟她说过几次，有导尿管，尿自己会流出来，她还是要扶起来撒尿。有一次，她一再要先生来，说再不来她就死了。还说，跟人家说说，不叫先生，干等着就死了，人家还笑话吧！

母亲总是顾着人家，她很在意别人的看法，自尊而又虚荣。她很大程度上是为别人的看法活着，或者说是活给别人看的，这很悲哀。中国的许多母亲都是如此。

早上，王燕来了，我和庆喜一夜都没睡好，我回到庆喜家睡了一会儿，下午到家，洗澡就睡着了，一直睡到11点。姐呼了我，打的到医院来。

母亲从监护室挪到了一间只有她一张病床、带卫生间的单人房间，条件好多了，相对安静，还有沙发。

母亲的精神今天不错。

听说大姐明天要来。

手术前，赵大夫和高大夫找我和庆喜，拿着协议，谈到手术期间有可能出现的不良情况，大概有四五条：一是认为母亲心脏不好，有可能停止跳动；二是有可能出现血栓，脑出血；三是

Memo no.

Date　／　／

有可能在腹腔里有血管，引起大出血；四是腹腔打开后，有可能发现癌已转移，手术无意义，只好缝上，等等。四月二日的手术进行得十分顺利，没有出现任何不良情况。谢天谢地！

母亲从监护室搬到一个二人间，原以为不再安排别人了，不料又来了一位老太太，呼吸机跟着一屋子人。老太太就嫌不好，一直说，果然还会来看她。现在来看，病人和子女们反应不同，有的体谅别人的关心，有的害怕过多而无益的关心；有的说有自己的世界，有的有自己独立的世界；有的靠别人活着，有的靠自己活着。有的喜欢别人之同她，喜欢热闹；有的喜欢走向人群，喜欢安静。

老太太喋喋不休，一再喧闹。总说，我不怕死，我已经活了八十几了！

4月21（3月17）星期五，晴，阴转

和在重症监护室值班的护理班，在重症那半夜，我守后半夜。

母亲多次要我让她去小便，我告诉她有导尿管，她不要他来。我说，我的意思让她很好，但在她看来这太不好了一点！

母亲要求去大便，我告诉她现在没有大便，过些时候告诉她再做这件事。

输水到晚11点。

陪左右，饰及、抱其打。

Notes

Memo no.

Date

她死后，丈夫带回一个同女，竟在家里，不让人知。人去看，她竟在茶子角边。姑子娃同年纪，她们不和，让猫生似的出去。

临床老太太的儿媳，从小就了父母，一个人上了大学和研究，并到外面工作了。她又不会生小孩，要了一个孩子。帮着做庭的，属和书。

刘方娃跟儿媳妇好。儿媳妇说了话，让她看给她介绍，她看托她把她她拉到床上去了。

父子俩娶同一个媳妇的好。这事少见。娃跟家里儿媳妇好。关系特别好。

刘诗友也看跟儿媳妇。

四老头也不正经，把人家小姑娘家的小侄。小她姑娘织机。

结巴的话不是真的。

黄松华打来一个电话，说他写了又十小说。

外面传来鞭炮声，又过了一个好日子。

杨玲捉麻雀捉到一个小鸟，在房里，想走走，小鸟扑棱地跑掉了。她接捉到一个红鱼，想到很长家里，都是也不少，先走走来。

刘然建和刘有株拾笔来，上午拾的是柴火，一点也不利，下午拾的下午柴。一点半个好拾了好。

杨玲伏她奶奶拾柴拾到屠元凡园里，红萝卜，红

Notes

5月22日（农历4月17）星期1，晴。

又一周开始了。

母亲不想在屋里解小便，夜里在我不知道的情况下出去了，结果受了风，咳嗽不止。母亲是好意，怕在床边便盆里小解熏着我，她又不愿麻烦别人为自己服务，就自己出去了。夜里外面还是很凉的。母亲已病久了，到了稍不禁风的程度，已经受不得凉了，太不小心了，不服老不行，不服病不行！

母亲在外面跟两个老太太说闲话，怕说话期间总漏气，总噗噗噗噗的响，就用膝盖捂住漏气，不让出声，结果又捂出毛病来了，回到屋里咳个不止，极度难受，还感到肚子疼。这种时候了，母亲还顾面子不能久待，真叫人哭笑不得！

病人是不好伺候的，需要极大的耐心。

二姐还说叫母亲来到回家吧，母亲就怕不服侍对二姐说：我知道，你就是不想伺我！

二姐也不让人，说：我不想伺候你，你儿子是我什么干啥！

早上陪着母亲到湖水河边转了一圈，看到已经没黄，空气里弥漫着柳的清香。芦叶一天比一天大，伸出水面很长了。有些地里还有水，是鲜的芦叶，叫也不说是否在植物飞来飞去。湖水河边有许多早起的人

我就是我母亲

我成了没娘的孩子（下部）

母亲 2000 年春天生病，被弟弟接到开封住院，动手术，化疗，前前后后将近五十天。 母亲住院时，遍地的麦苗刚刚起身。 等母亲出院时，当年的小麦已收割完毕。 在母亲住院期间，作为母亲的长子，我放下工作，从北京到开封，日夜守护在母亲身边。 母亲的病治好后，我北上回到自己的工作岗位，母亲往南走，回到了老家刘楼。母亲毕竟上了岁数，又动了大手术，身体状况大不如前。 术后造瘘给日常生活添了不少麻烦，对生活质量造成了很大影响。 在这种情况下，母亲需要有人陪伴，更需要有人照顾。不然的话，母亲喝水还得自己烧，吃饭还得自己做，显然很不合适。还有，母亲的病这次治好了，不等于万事大吉，我们还得经常观察母亲身体的变化情况。上次母亲突然生病时，我们兄弟姐妹都不在母亲跟前，已经让我们深感愧疚。从今以后，我们再也不能让母亲一个人待在家里了。

我有一个愿望，衷心希望母亲至少活到八十岁。我的先后去世的几个亲人，奶奶六十多岁去世，父亲五十多岁去世，爷爷七十多岁去世，都没有活到八十岁。我祝愿母亲在岁数上能为我们家人创造一个新的纪录。在母亲生病前，我曾向母亲承诺，等她八十岁那年，我们要向她祝寿，在村里唱大戏、放电影。母亲把我的话悄悄对村里一些叔叔婶子说了，他们互相转告，好像对听大戏、看电影也很期待。然而，人对自己的生日都是已知，对自己下世的日期却是未知。也就是说，一个人无论对自己，还是对别人，可以知道哪天生，却不知道哪天死。说心里话，之所以提前说下为母亲祝寿的话，背后隐藏的是一种担心，担心母亲能不能活到八十岁。后来我想，那样的话也许不该提前说，说了虽然能让母亲高兴，起到给母亲鼓劲的作用，但是不是也暴露了自己的担心呢？ 母亲突发重病，证明我的担心并不是多余的。 人上了岁数，生命就开始走下坡路，生命力就开始衰落，对于自然的铁律，谁都无可奈何。 如果说八十岁是一个预定目标的话，母亲七十多岁生病，似乎为这个目标敲响了警钟，同时也提出了挑战。 尽管我们把母亲的命抢了回来，尽管有医生和朋友告诉我，直肠上长肿瘤问题不是很大，只要把病灶切除，癌细胞不太容易转移，人再活个三年五年、十年八年，都是有可能的，可我的担心还是不能消除。 我是个不大信神的人，从不愿意在神像面前磕头。 为了让母亲能多活几年，为了请神灵保佑母亲，有一次进神庙，我竟然烧了香、磕了头。

我跟大姐、二姐和妹妹商量，母亲回老家后，让母亲轮流到她们三家去住，每家住一个月，三个月轮换一遍。三姐妹孝心都很重，她们都表示一定要好好伺候母亲。 母亲生病之前，极少在三个闺女家里住。 母亲有一个观点，认为自己是有儿子儿媳的人，干吗要在闺女家里住呢！ 我提前做了母亲的工作，说人走到哪一步，说哪一步，母亲由闺女伺候，做儿子的才最放心。 母亲虽然同意了到闺女家吃住，但到了闺女家，总觉得像走亲戚，总不能踏踏实实一连住上一个月，中间还要回自己的家看看。母亲在三个闺女面前当家当惯了，母亲一提出什么要求，闺女们都得顺着她。而母亲只要一回家，闺女就得跟着她，到家里伺候她。三个闺女各有一家人，上上下下，家里地里，都有不少活儿，都离不开她们。可为了伺候母亲，她们只好把家里的一切暂时丢给家里其他人照管。母亲是个有个性、有脾气的人，并不是那么好伺候的。有时因哪顿饭做稀了，或做稠了，不合她的口味，她就对闺女撂脸子、发脾气。在清理瘘口和便袋时，她舍不得使用卫生纸，那么白那么软的纸，擦一次就扔掉，她觉得太可惜了，也太浪费了。她找来一些干豆叶，放在床头的塑料袋子里，需要时就用干豆叶代替卫生纸。闺女说干豆叶上又是土又是虫的，不卫生，劝她别用干豆叶了。她不听闺女的劝说，照样我行我素。有一次妹妹去邻居家跟人说话，说话说的时间长了些，没能及时回家，母亲就对妹妹发了脾气，说妹妹不在家守着她，就是嫌弃她，让妹妹想走就走吧！妹妹痛哭了一场，母亲才罢休。

这年刚入冬，北京刚来暖气，我就赶回老家，把母亲接到了北京。我为母亲准备了一个小盆子和一块白毛巾，每天一早一晚，都用热毛巾为母亲清洗和热敷。手术后的母亲，对解手不能自控，也不知道自己什么时候解手，须随时帮母亲清理。我到母亲身边，一闻到有异味，就提醒母亲，赶快给母亲清理一下。母亲总是跟我配合得很好，从不拒绝我为她老人家服务。母亲不习惯喝牛奶和豆浆，我就每天早上给她熬红薯粥、土豆粥，或小米粥。过年时，我和妻子、女儿、儿子一起向母亲敬酒，祝愿母亲健康长寿。母亲不爱看春节联欢晚会，早早就睡了。这年冬天，母亲稍稍吃胖了一些，身体没有再出现什么异常。

手术后的第二个冬天，也就是2001年的冬天，母亲也是在北京度过的。这年过罢春节，母亲向我提出了一个要求，想看看大海。母亲说她只听说过大海，只在电视上看见过大海，从没有到海边看过大海。母亲很少对我提什么要求，想看大海的愿望一定在心里埋藏已久，是鼓足勇气才提出来的。母亲的这个要求，是我没有想到的。一般来说，农村的老人临老的时候会要求吃点什么，穿点什么，提的多是物质性的要求。而母亲的要求与物质无关，是一种精神上的需求。北京离海边不太远，母亲想看海不难，我当即答应了母亲的要求。有一座大型煤矿的工会主席，是我的作家朋友，他们单位在南戴河建有煤矿工人疗养院。我随即跟那位朋友打电话，把我母亲想看大海的想法对他讲了。那位朋友满口答应，说没有任何问题，他一定会安排好。可不知为什么，母亲却打了退堂鼓，说算了，不去了。我说我把火车票都买好了，还是去吧。遗憾的是，那年冬天天气奇冷，连海面都结了冰。春节都过去了，冰层没有一点松动的迹象。我带母亲到大海边走了走，只看到了冰封的大海，没有看到大海的波涛。更让人猝不及防的是，母亲在疗养院的食堂吃了一点海鲜，冒肚冒得一塌糊涂，弄得我手忙脚乱都收拾不住，以至母亲的秋裤都湿了。母亲一个劲叹气，好像觉得太让自己的儿子为难了。没办法，我只得赶快跑到附近的商店，临时为母亲买了两条秋裤替换着穿。

2001 年，对我来说是重要的一年，值得略记几笔。

这一年，可以说是我的人生命运发生转折的一年。当年，我的短篇小说《鞋》获得了第二届鲁迅文学奖，秋天到绍兴领了奖。回到北京后，我从中国煤炭报社调到北京作家协会，从新闻岗位换到文学岗位，当上了专业作家。随着年龄逐年增大，我觉得自己已经不适合再做新闻工作，很想坐下来写一点比较长的文学作品。恰在这个时候，北京作协开始吸收专业作家，刘恒和我就成了北京作协新吸收的第一批作家。人们形容一个人的幸运，说他刚想睡觉，就有人递给他一个枕头。我不是想睡觉，北京作协递给我的也不是枕头，在我想专心写作的时候，北京作协给予我的是比枕头宝贵千倍万倍的东西，那就是时间和自由。

我的幸运还在于，北京作协吸收专业作家规定的年龄上限是五十周岁，我当时的年龄是四十九周岁多，再过两三个月，我的年龄就超过了规定，也许就当不成专业作家了。从年龄上讲，我等于搭上了专业作家的末班车。而一旦搭上了车，就不再分首班还是末班，便一路乘坐下来。

刚调到北京作协，作协党组的领导就希望我写入党申请书，准备把我发展成党员。在此之前，我多次写过入党申请书，一直渴望能成为一名党员。可因为这样那样的原因，我一直未能入党。在农村老家时，因为我父亲当过国民党的军官，被说成是历史反革命分子，我在政治上受到牵连，要求入党被否。在矿务局宣传部，那段时间只吸收造反派入党，我在“文革”时是保守派，不是造反派，当然入党无望。调到煤炭工业部之后，我很快成为党员发展对象，眼看就要入党了。可因为我要了第二个孩子，违反了当时的计划生育政策，入党的事再次搁浅。到了北京作协，入党应该没问题了吧？我交上入党申请书不久，领导通知我，暂时还是不要入。原因是赶上北京市政协换届，作协拟推荐我当政协委员，当政协委员有一个条件，必须是党外人士。领导的意思，还是让我当政协委员好一些。就这样，我刚当上专业作家，就以作家的身份当上了第十届北京市政协委员。要是我还在煤炭报社当编辑，当政协委员无论如何也轮不到我。看来人该干什么最好就去干什么，只有干了自己应该干的事情，才能名正，后面的事情才能顺理成章。

当上专业作家以后，不必天天到单位坐班，在家里写东西就可以了。有朋友跟我开玩笑，说我真成了“坐家”。我体会，当专业作家最大的好处，是我的时间我做主，时间可以由自己支配。其实人的一生，就是一定的时间长度，过一段掐去一段，把时间一段一段掐完了，人的生命就终结了。或者说人的生命就是一个时间的容器，我们每天都要从容器里把时间掏出来花，时间不会越花越多，只会越花越少。等把时间掏空了，容器的使命完成，会随即破碎。这么说吧，我在报社上班的时候，我的时间几乎都是别人掏出来的，自己想捂都捂不住。而当了专业作家呢，时间一下子成了我自己的，我想怎么花，就怎么花；想花在哪里，就花在哪里。

2002年的劳动节和国庆节，我都是回老家陪母亲度过的。过劳动节时，母亲住在二姐家。我去淮南煤矿参加了一个活动，接着就去了二姐家，陪母亲在二姐家住了一个星期。国庆节我在家里住的时间更长些，住了十多天。在家期间，我哪儿都不去，天天和母亲聊天，或坐在院子里，陪母亲晒太阳。我准备写一部反映三年困难时期的长篇小说，正在搜集素材。在和母亲聊天时，我有意请母亲讲一些三年困难时期的事情。村里的乡亲们去找我说话，我也有意引导他们回忆三年困难时期的经历。有这样的用心，我回老家一方面是陪伴母亲，另一方面也是深入生活。有人评价说，这样的深入生活真是深入“到家”了。我同意这样的评价。

到了冬天，又该接母亲到北京过冬和过年了。妻子主动提出，她去回老家接母亲。妻子一回到老家就给我打电话，说母亲有一条腿疼得厉害，需要拄上拐棍才能走路。妻子认真察看了母亲的腿，把两条腿比较了一下，发现母亲说疼的那条腿有点浮肿，用手指一按会塌下去一个坑，塌坑迟迟不能复原。这是怎么回事？是母亲添了新病，还是老病复发，肿瘤转移到腿上了呢？妻子和大姐、二姐商量，决定先到医院检查一下。二姐在安徽临泉县医院有熟人，她们就带母亲去那里检查。检查很快就有了结果，是癌细胞转移到母亲腿盘里去了，在腿盘里长了一个不小的肿瘤。而且，癌细胞的转移不止一个点，是多点转移。医生给出的建议是，可以通过药物治疗，延缓肿瘤的快速生长，并缓解疼痛，但不宜再做手术。担心什么就有什么，这样的检查结果实在让人痛心。母亲做完手术还不到三年，癌细胞怎么这么快就转移了呢！我痛恨癌，连这个汉字都让我觉得面目狰狞、可憎！可是，癌细胞躲在暗处，在一点一点蚕食母亲的身体，我们没办法彻底消灭它。

妻子没有把检查结果告诉母亲，母亲也没有问。母亲是个有心的人、敏感的人，母亲定是通过妻子和大姐、二姐的沉重而失望的表情，感到自己的身体状况凶多吉少、越来越糟，于是情绪也变得焦躁起来。母亲焦躁的表现是拒绝再到北京过冬和过年，无论妻子怎么劝都不行。母亲的态度很坚决，说去开封还可以考虑，北京是不去了。妻子打电话跟我一说情况，我就理解了母亲的心思。母亲是害怕到北京后病情加重，在北京去世，路途遥远，无法回老家。而开封离老家近一些，弟弟又有车，随时可以回老家。母亲上次在开封的医院做了手术，保住了活命，生命又维持了两三年。她希望能和上次一样，再到开封治病。我让妻子尊重母亲的意见，就把母亲接到开封弟弟家吧。

妻子把母亲接到开封弟弟家，她一个人回到了北京。这时候我应该到开封去照顾母亲。可是，北京的政协会议再过几天就要开幕，我想开完政协会再去开封。上次召开第十届北京市政协第一次会议，我因照顾母亲，只参加了一天会议就请了假。第二次会议我如果连开幕式都不参加就请假，有些说不过去。妻子历来为我着想，也认为不去参加会议不合适。弟弟和弟妹每天都要上班，不可能天天在家里照顾母亲的起居和饮食。怎么办？妻子只好重返河南开封，替我先照顾母亲一段时间。在弟弟家，妻子和母亲同居一室，为母亲洗脸洗脚、端吃端喝，应该说把母亲伺候得不错。大概母亲的传统观念比较强，预感也不是很好，她还是希望我能守在她身边。母亲夜里不躺下睡觉，就那么披着棉袄，垂着头，在床上坐着。妻子劝她睡吧，她让妻子只管睡吧，别管她。妻子睡了一觉醒来，见母亲还在那里坐着。妻子问起来，母亲才说了她的担心，她担心一躺下闭上眼睡觉，就再也不会醒来。两个儿子都不在跟前，她要是半夜里睡死了怎么办呢？母亲认为，她只要坚持坐着，不躺下，就不会死，就可以等到儿子到她跟前。妻子让医生给母亲开了一点促使母亲睡觉的药，说人不睡觉可不行，对人的身体消耗很大。母亲不听妻子的劝说，不愿意吃药，还是成半夜坐着不睡觉。妻子打电话跟我说了这些，我觉得事情有些紧急，只参加了政协会的开幕式，当晚就乘火车往开封赶。

2003 年 1 月 14 日　星期二　晴

（农历腊月十二）

我坐了一夜火车到郑州，弟弟派车把我接到开封，我又开始了陪护母亲的历程。

娘，我来了！

娘说来了好。

我看母亲精神还可以，气色要比我想象得好。我对母亲说，看来我们今年要在开封过年了。

母亲说，她不知道自己能不能活到过年，估计自己过不去这个年。

我说哪能呢，您不但能过年，过了年还要过元宵节，还要过二月二。为了宽慰母亲，我把从

小听来的一首歌谣念了一遍：肯吃嘴老婆儿巴年下，巴了年下巴十五，巴了十五没啥巴，呼嗵想起了二月二，慌了个仰八叉。

母亲笑了一下，说：能像你说的那样就好了。

妻子在开封伺候母亲已十来天，当晚我把她送到开封火车站乘车回京。

2003 年 1 月 15 日　星期三　阴

（农历腊月十三）

母亲睡大床，我睡小床。母亲头朝北，我头朝南。躺在床上，一抬头我就能看到母亲。母亲稍有动静，我都会抬头看一看。我对母亲说，我就是专门来伺候她的，有啥事随时喊我。我到开封后，母亲夜里没有再坐着，早早就躺下睡了。半夜里，母亲大概饿了，坐起来吃炸虾条。听见母亲吃炸虾条，我起来给母亲倒了半杯温开水。母亲喝了水，躺下接着睡，睡得很踏实，到早上 7 点还没醒。我知道，母亲对我非常信任，信任到几乎是依赖的程度。有我在她身边，她好像重新燃起了对生命的希望，不再担心和害怕。但我心里明白，母亲的病情不可逆转，只能一天比一天加重，说不定哪一天就会离我们而去，这让我觉得十分悲哀。我所能做的，就是极力维持母亲的生命，能多维持一天就多维持一天。

弟弟家所住的小区是一个新的社区，社区里开有一家诊所，诊所的女大夫姓刁。在妻子陪护母亲期间，刁大夫天天到家里为母亲打针、输液，打的是消炎和镇痛针，输的是氨基酸、脂肪乳、维生素等营养液。在治疗方案上，刁大夫的意见，也认为母亲不宜再动手术，只能是保守治疗，就是把母亲送到大医院，也只能是这样治疗。

早上，我下楼去给母亲买了豆浆和包子。小区大门外是一条南北向的马路，路边有不少卖小吃的。小吃店多是用帘子布搭成的棚子，里面煤火燃得呼呼作响，街道充盈着一股浓浓的硫黄味。卖豆浆的是一个小男孩儿，脸冻得红红的。大人嫌他笨，老是吵他。

母亲吃了早饭，问我最近又写啥东西没有，我说没写啥东西，也就是记点日记，说着把日记本给母亲看了一下。

母亲说：该写还得写，时间长了不写，手就生了。母亲又开始给我讲老家的事。

张庄有一个人，他娘死在新疆，新疆远在边疆，咋把他娘的尸体运回家呢？他想了一个办法，把他娘打进包袱里，背到车上。他把包袱打得很紧，到家解开一看，把娘的腿都折断了。

我们村一个年轻人叫银河，在队里干活儿不愿下力，干部老是吵他。“文化大革命”来了，他当了造反派，斗村里的干部。那段时间他兴得很，脚底板打锣，做梦都在喊口号。谁知好景不长，“文化大革命”一过去，他的日子像是一下子掉进粪窑子里，更不好过。眼看在村里待不下去，他就跑到新疆去了。一到新疆就生病发高烧，烧得看啥不是啥，红被子在他眼里成了绿被子。

银河的老婆一个人在家里待不住，公爹送她去新疆找银河。路上走了好多天，半路上，公爹跟儿媳妇睡到了一起。这样的事情传到老家，银河的爹再也没脸回去。

花河是村里的一个寡汉条子，得了半身不遂，收麦时躺在床上活活饿死了。临死前他老喊一个女人的名字，让那个女人可怜可怜他。据说他在一个小煤窑当工人时，有一个女人图他的钱，跟他过了一段日子，并怀上了他的孩子。他提出跟那个女人结婚，那个女人就离他而去，从此不知去向。

新宽在北京拾废品，搭小屋住在郊区。他跟一个同是捡废品的女人好上了，两个人都中了煤毒，光着身子被人抬了出来。风一吹，两人又活了。经过了死去活来，两个人接着好，新宽把拾废品挣的钱都给了那个女人。新宽的老婆知道了，赶到北京，把那个女人打了一顿，并把新宽拉回了家。新宽的两个儿子，都瘦垮垮的，没找到对象。

杏林在镇里文化站上班，家里的责任田没时间种，就种上了桐树条子。有人在夜间摸到地里，把桐树条子都锯断了。杏林向镇上的派出所报了案，民警到我们村办案，把市民和骆驼抓走了。抓到派出所，用汗褂子蒙上头，一顿暴打。两个人都不承认锯了杏林家的桐树条子，之后都和杏林结了仇。

吃过午饭，我到附近的澡堂洗了一个热水澡。洗澡票是妻子留下来的，一块钱一张。这么便宜的澡票，能洗什么澡，我对澡堂持怀疑态度。没想到，澡堂内有池浴，还有淋浴，用的水竟然是从地下抽出来的温泉，水质相当光滑。花一块钱洗一个温泉澡，我估计在全中国只有开封这一家了。

但人们都不知道节水，没人淋浴的喷头下面，水仍在哗哗流。

两块钱租一把锁，锁自己的衣箱。洗完澡后，锁退还，两块钱还给洗澡者。

搓一个澡两块钱。如果需要搓澡，把钱直接付给搓澡工就行了。

澡堂的卫生条件是差一些。硬板床上包的是棕色塑料革，枕头是用革布包的木块，铺在床上的浴巾是廉价的化纤制品，灰眉皂眼，一点都不干净。墙上斑斑驳驳，像各种鬼脸。更衣室的衣箱用红漆写着潦草的字。郊区的农民和一些小孩子也去那里洗澡，满屋的臭鞋和臭脚丫子味，差不多能把人熏得栽跟头。透过窗子，能看见澡堂后面的竹园。安在后墙高处的排风扇一直在呼呼转动，往外抽放澡堂子里面的水蒸气。

以前过开封时，弟弟带我去一个设施豪华的洗浴中心洗过澡，那里有热带绿植、艺术雕塑，地上铺的是地毯，简直像皇宫一样。服务生一再向我们推荐，说楼上有年轻漂亮的小姐，可以上去做个按摩。我问做个按摩多少钱，服务生说不贵，也就三百来块钱吧。三百块钱还不贵？那就免了吧。

两相比较，说天壤之别一点都不为过。我不

会拒绝在一块钱一张澡票的澡堂里洗澡，正如我不会忘记自己是一个从事写作的人，须始终保持对生活的热爱，对什么样的生活都不失好奇心，都可以尝试体验一下。

2003 年 1 月 16 日　星期四　雾

（农历腊月十四）

早上给母亲用滚开水冲的鸡蛋茶，我到外边喝了一碗羊肉汤。卖羊肉汤的是一家清真餐馆，大锅的羊肉汤，煮得白浓浓的，一直沸腾着。羊肉汤五块钱一碗，切成牙儿的锅盔五毛钱一块。碗是大瓦碗，将切成薄片的羊肉放在碗底，舀出滚汤往碗里一浇就成了。汤是白汤，不放任何东西，盐、味精、香菜、辣椒油等，都是自己放，根据口味，各取所需。汤没喝够可以再添，想喝几碗就喝几碗。餐馆里的两个小伙计，都是男孩子，穿得皱皱巴巴、油脂麻花。低个儿的男孩留着长发，面皮红润，像个女孩。瘦高个儿的男孩，长相不太机灵，口袋里却放了一台小录放机，他干活儿走到哪儿，录放机就响到哪儿。低个儿的男孩跟着录放机里放出的歌一起唱。他们生活得很快乐。看着他们快乐的样子，去喝羊肉汤的人受到他们的感染，也觉得快乐。

刁大夫上楼来为母亲挂好了吊针，我坐在床边看书，或写日记。雾散了，有阳光照进来，非常安静，有充裕的时间看书和思索。弟弟上大学读的是中文系，他家里藏有不少中外名著。我计划先把《复活》读完，再读《罪与罚》《悲惨世界》等，每天读书不少于一百页，多了更好。把陪护母亲的时间变成集中读书的时间，恐怕这是最好的安排了。

母亲一跟我说话，我就停止看书，听母亲说话。听母亲说话，比看书更重要。母亲的话里不仅有书里没有的东西，还在于我得让母亲知道，我在倾听她的话，我是一个“听话”的孩子。

刘本吉的童养媳叫民，当童养媳时才九岁。

民冬天只睡一块木板，盖自己的棉袄。夏天光着脊梁，在院子里桐树底下纺线，每天必须纺一个线穗子。如果纺不成一个线穗子，婆婆就不让她吃饭。民饿得受不了，就拿一块生红薯，到外面偷偷地吃。有些活儿民不会干，婆婆就打她，用鞋底子打她的头，把她打得头拱地，还在打。刘本吉不喜欢他的童养媳，老是欺负人家，趁人家盛饭时拧人家的腿，把人家的腿拧得青一块、紫一块。男孩子讨厌童养媳是普遍现象，因为没长大的男孩子都是愣头青，还不知道爱惜女孩子。

不是富人家才有童养媳，不少穷人家也有童养媳。你不想要，人家硬给你送过来，一是为了得口饭吃，挣个活命；二是害怕被土匪杀死。

那时候土匪猖狂得很，只要把寨门打开，见一个杀一个，杀得鸡犬不留。打开了郜庄寨，把寨里的一百多口子都杀光了。打开蒋桥寨，也是杀人如麻。有一个叫张英俊的，是我们村四奶奶的娘家侄子。张英俊的娘带着张英俊去走亲戚，才躲过这一劫，没被土匪打死。张英俊后来当上了漯河市的副市长。张英俊家解放前是地主，土地改革时，张的爹被枪毙了。张英俊的爹是四奶奶的娘家哥，四奶奶去监里看她哥，带了几个馍。怕馍半路上凉了，就把一些棉籽蒸热，放在笆斗子里，偎住馍，为的保温。突然听到枪响，人家已经把她哥枪毙了。

母亲说到过去裹小脚的事。过去谁家娶了新媳妇，村里人去看，都是本末倒置，重脚不重头。看新媳妇的第一个项目，是掀起新媳妇的裤腿，用张开的指头拃量新媳妇的脚底，如果脚足够小，人长得不好看也没关系，一小可以遮百丑；如果脚大，就算是一个没受过管束的、野性的人，脸长得再好看也不能得高分。

母亲小时候裹脚，是她二姐帮她裹。三尺长的生白布能用一年，烂了，缝缝、补补，再用。她的二姐把她的脚指头弯下去，裹得很紧。怕她把裹脚布解开，她的二姐就用针给她缝上。她疼得走不成路，坐在碓窑子那里哭。姥爷从外边回来，给她把裹脚布扯开，拉着她回家。姥娘看见她把裹脚布拿在手里，就打她。她跑。姥娘的脚小，她的脚大，姥娘追不上她。

老虎家娘当闺女时，听说街上有唱戏的，想去听戏。想去听戏可以呀，她娘给她一双小鞋，说她只要能穿上，就让她去。她使劲裹脚，再使劲把脚往小鞋里塞，疼得咬着牙，总算把脚塞了进去。好不容易走到戏场，她站都站不稳，前走走，后退退，疼得光出汗，戏也没看成。

母亲的二姐，也就是我的二姨，也给人家当过童养媳。二姨知道当童养媳都得挨打受气，不愿去，哭得拉不起来。姥娘劝她说：去吧，省下一块馍，给你弟弟吃；你弟弟饿不死，你回来才能找到娘家人。

2003年1月17日　星期五　晴

（农历腊月十五）

气温下降，早上起来见玻璃窗上都是白蒙蒙的水汽。

大概是喝了人参泡酒的缘故，夜里觉得喉咙疼，可能是上火了，需要吃药去火。一定要注意身体，避免生病。只有自己身体好了，才能伺候母亲。伺候母亲不需要多少体力，最需要的是耐心。有好身体，才会有耐心。

给母亲买了一碗豆沫，还买了两根油条。伺候母亲吃了早饭，接着就得让母亲吃药。药有好几粒，母亲一下子把几粒药都吃了下去。母亲说了一个词，叫恨病吃药。这个词挺有意思，我得记下来。所有吃药的人都是痛恨自己的病，没有对病的恨，谁都不愿意吃药。天下没有好吃的药，也没有不恨病的人。

刘本一是村里的干部，家里的成分是贫农。刘本奇、刘本德弟兄俩，家里是地主成分。一天，刘本一见地主家的弟兄俩在门口站着，飞跑过去，一脚一个把人家踹倒，到人家屋里，就把人家的一坛子豆腐乳端走了。

刘本灿家的成分是富农，因他上过私塾，识字，曾在外村当过小学老师。“文化大革命”一来，他就当不成老师了。有段时间，他的精神出了问题，天天躲在苇子棵里背毛主席语录，老婆拉他他都不回家。家里的富农帽子摘掉之后，为了挣钱供孩子上学，他扢着一只笆斗子，走村串户卖麻糖。麻糖是从做糖稀的外村人那里贩来的，卖一根麻糖能赚二分钱。他自己舍不得吃麻糖，也不让孩子吃。孩子馋得实在不行了，他允许孩子用舌头在麻糖上舔一舔，还不许舔掉芝麻。只有掉落在笆斗子底部的芝麻，他才给孩子吃。

下午，王燕的大姐、大姐夫来看母亲，跟母亲说了一会儿话。

2003 年 1 月 18 日　星期六　多云

（农历腊月十六）

昨晚，弟弟庆喜从郑州回家过周末，我们一块儿去百合酒家，和弟弟的一帮朋友喝酒。酒家是其中一个朋友的妹妹开的。弟弟的这些朋友大都是当官的，也有私企老板。他们长期在一块儿喝酒，这是一种少见的文化现象。他们趣味相投，都喜欢喝酒，喝酒是一种精神释放；开封传统文化中的哥们儿义气使他们走到了一起，形成一种力量；不排除他们之间的利益关系，或是利益期待关系。人在江湖，都是社会人，谁能没有朋友呢！

早上给母亲买了豆腐脑，母亲喝了有些呕吐。

我去请刁大夫为母亲打针，在诊所里与刁大夫聊了几句，重申了我的两个意愿：一是尽量为母亲减少痛苦，二是尽量延长母亲的寿命。刁大夫判断，母亲活到过年问题不大。

因杏林家桐树条子被锯的事，骆驼挨了打，一气之下，得了重病。临死前，他老是咧着嘴哭，觉得自己死得冤，没有人能为他申冤。他是家里的顶梁柱，他害怕自己死了，家里今后的日子没法过。他的老婆劝他别难过了，又说：你别慌着走，等我给你把衣服穿板正，你再走。

和平是我的一个远门堂弟，在四个兄弟中排行老三。和平去相亲，女孩子嫌和平个子低，没同意。过了一段时间，媒人说再给那个女孩子介绍一个。两人在河坡上一见面，还是和平。女孩子有些惊讶：还是你呀！算了，就是你吧。女孩子遂成了和平的老婆。

和平老婆的个子也不高，但脸面头长得漂亮，很有姿色。和平有个四弟叫永远，永远喜欢跟三嫂闹着玩，他的闹法是揪三嫂的奶头子。夏天穿薄衣服，三嫂的奶头子翘得高高的，永远瞅准三嫂的奶头子，揪一下就跑。三嫂的奶头子被揪得老长，是很疼的。但弟弟跟嫂子闹着玩，嫂子都不许着恼，只得让弟弟揪。

我有一个近门的堂弟，他老婆爱看电视。自己家里没电视，就到别人家去看，以至家务活儿都忘了做。有一回，堂弟找到她，二话不说，抓住老婆的胳膊往后背一拧，在老婆脊梁上一通猛揍。从那以后，他老婆就不去别人家看电视了。

接到《当代》编辑部谢欣打来的电话，说我

给《当代》的短篇小说《离婚申请》拟发2003年第二期的突出位置，同时发几句作者简介。他把简介跟我核对了一下，我说没问题。

晚上，楼下的小饭店里有人喝酒、划拳，三星照哇，四喜财呀，嚷得声音很大，把饭店后面安有警报装置的汽车震得一片哇哇响。

我问母亲，外面的车响得这么厉害，影响不影响她睡觉。母亲说不碍事，人想睡觉的时候，天打炸雷都不耽误睡觉。母亲拿起一只挖耳勺，往耳朵里掏。她掏不出什么。每天吃药打针之后，她老是觉得耳朵眼里痒痒的，她是用挖耳勺挠痒痒。母亲说，亏得我给她买了一个挖耳勺，不然的话，耳朵痒痒还真没办法呢！

母亲枕头旁边还放有一把梳子，她晚上从不梳头，都是早上梳头。她说：早上梳头光溜溜，晌午梳头毛擞擞，晚上梳头鬼来揪。我问母亲：现在头发里还长虱子吗？母亲说：不长了，好几年身上、头发棵子里都不生虱了。过去可不得了，用竹篦子从头发棵里往下一刮，大虱小虱落得啪啪嗒嗒的，在地上乱爬。这样的虱还不算太烦人，最烦人的是臭虱和虼蚤。臭虱个头大，吸血吸得多，一只臭虱吃的能顶十只虱子吃的。臭虱不在人身上，都是藏在床边的墙缝子里，或是躲在席片子底下。拿锥子往墙缝里一捅，血嗞嗞直冒。掀开席片子一瞅，下面像撒了一层扁豆。虼蚤腿长，会弹跳，难逮。你看见一个虼蚤，刚要去逮它，它腾地就跳走了，像孙悟空翻跟头云一样。逮虼蚤的办法，是用指头在嘴里沾点吐沫，上去用吐沫把虼蚤粘住，然后放在自己嘴里。虼蚤在人的舌尖上还乱蹬腿，把人的舌尖弄得麻麻的。

母亲说到婶子，说婶子身上生的虱最多，手往裤腰里一摸就是一只。婶子把虱说成是老母猪，她摸出的“老母猪”，肚子总是吃得圆滚滚的。冬天太阳出来时，婶子总是就着太阳，翻着棉裤腰逮虱。除了活虱，还有虮子，白亮的虮子在针脚缝里多得一行一行的，揪都揪不掉。这难不倒婶子，婶子低下头，用牙挨着咬那些虮子，咬得像放了一挂小鞭炮，把虮子的蛋壳都咬破了，破得流了水儿。

婶子活到八十多岁，临死前头发里还有不少虱。不过婶子一死，她头上的虱就纷纷下落，不一会儿，她头下方的一块塑料布上就落了一层。可能因为人一死，失去体温，血一凝固，虱子无法继续寄生，只得逃离。

婶子当过好几年童养媳，受了很多苦。她冬天睡在锅灶门口的茅根草窝里，低着头，把嘴对着领口，往身上哈热气，不让热气跑到外头。大奶奶动不动就打她，叔叔也打她。有一年夏天，婶子回娘家，晒了一荆条筐芝麻叶。回来后，叔叔嫌她不及时回家，夺过荆条筐，把芝麻叶都倒进粪窑子里，把婶子打得钻到了案板底下。

2003年1月19日　星期日　雾
（农历腊月十七）

早上给母亲做的是红薯、红萝卜稀饭，母亲

喝了一大碗，里面还泡了蛋糕。

二姐打来电话，说家里翻盖的房子已打好了梁，今天就上楼板，准备封顶。

母亲曾要求，她死后就把她埋在我们家的院子里。她担心死后家里房子没人住，没人管，很快就会塌掉。妻子回老家接母亲时，看到我们家的房子地基下沉，有的地方裂了缝，就建议我把房子翻盖一下，盖成结实的平顶房，那样母亲就放心了。我和弟弟听从了妻子的建议，决定以最快的速度把房子翻盖一下。我们的目的，是让母亲生前能看到新房。我把盖房的事托给二姐和大姐夫，我和弟弟出钱，二姐和大姐夫出力。

盖房是一个不小的工程，从扒房到打地基，从进料到施工，二姐和大姐夫付出了很多辛苦。入冬以后，随着天气变冷，河水结冰，二姐曾给我打电话，问盖房的事是不是暂停，等过罢年开了春再施工。二姐怕用水泥浇筑房顶时会结冰，那样房子的质量就没了保证。我断然否定了二姐的意见，说无论如何都不能停工，因为房子是为母亲盖的，如果母亲生前看不到新房，我们盖房子就失去了意义。我告诉二姐，母亲的情况不是很好，病情一天比一天严重，盖房的事很紧迫。我的声音有些发哽，二姐一听，心情顿时沉重起来，她说那好吧，就是天塌下来，房子也要接着盖。

母亲听见我和二姐说的是盖房的事，也想听一听。弟弟家的电话座机在客厅与餐厅之间的一个多宝格上放着，母亲要过来听电话，就得从卧室里出来，走过整个客厅。我一看母亲拄着拐棍摇摇晃晃走过来，赶紧对母亲说：别急别急，我去扶您！说话不及，母亲的腿一软，身子一歪，倒在地上。我放下电话，赶紧跑过去把母亲扶起来，让母亲坐在客厅的沙发上。我问母亲：您没事吧？母亲神情悲观，又像是有些生气，说：一点用处都没有了，该死咋还不死哩！

母亲操心操惯了，还是放心不下房子，问二姐跟我说些什么。我对母亲说：我二姐说房子快盖好了，不耽误您回家住新房子。母亲说：不要花那么多钱，能省就省。母亲把那条越来越沉重的左腿伸了伸，说天天打针吃药，病为啥不见减轻呢？我一时不知怎样回答母亲，问母亲看不看电视，母亲说不看。

2003年1月20日　星期一　雾

（农历腊月十八）

早起到外面转了一圈，大雾在地面平铺，人像是在雾中飘浮。有汽车开着大灯走过来，把雾气冲开了一点。汽车一开过去，白雾很快合拢。平流雾使一片干枯的蒿草若隐若现，蒿草似乎变成了水中的水草。

把《复活》看完了，这本书是王安忆推荐给我看的。觉得小说用力太过，有强扭和制造的感觉。我看主要意思是说，享乐对人的诱惑很大，人人都愿意享乐，但人生的意义不全是享乐，还有比享乐更重要的东西，比如自我救赎、自我完善。

看翻译作品，感觉总是不太好，语言的味道出不来。语言是一个作家独特的呼吸，好比人与人之间的呼吸不可能互相代替，翻译者也不可能代替作家的呼吸，不可能与作家同呼吸。

也就是说，我们读翻译小说，主要是读意思，读不出什么味道。也许人家的原文味道不错，但一翻译过来就变味了。这好比吃维生素和吃美食。我们读翻译小说，多数情况下如吃维生素，营养不能说没有，就是不好吃。只有读我们自己的小说，如《红楼梦》，才会拍案叫绝，大呼过瘾。

下午3点，开封电视台派记者到弟弟家里来，为母亲和我拍电视片。我历来不爱上电视，一上电视，一把自己对象化，总觉得有一些分裂和陌生的感觉。可弟弟的朋友，也是开封市文联的头头高树田，一再动员我，说还是拍一个吧。树田有一句话打动了我，他说可以通过拍电视片，给老母亲留一点音像资料，做一个纪念。是的，老母亲还从来没上过电视，那就拍吧。女记者叫陈月欣，她拿着话筒，问我母亲和我一些话，还让我念了一段我的短篇小说《鞋》。摄像记者给母亲和我拍了不少镜头。记者问母亲：您想过您的儿子会当作家吗？母亲说：没想过，我想着他能长大成人就中了，我做梦都没想过他能走到今天这一步。采访结束，陈月欣借走了我送给弟弟和弟妹的几本书，有《梅妞放羊》《神木》《高高的河堤》《遍地白花》等。

晚上，弟弟请电视台的两个记者到腾飞酒店喝酒，同去的有高树田、吴广浩、刘新福，还有市教育局的副局长乔立春等，喝了三瓶白酒。

2003年1月21日　星期二　雾

（农历腊月十九）

早上起来给母亲冲了一碗蜂蜜水，还给母亲洗了袜子。

脱下袜子说袜子。母亲说，大姐在队里当干部时，买了一双洋线袜子，穿了好几年。平常日子舍不得穿，赶集、开会时穿一下，回家就脱下，叠好放起来。

大姐、二姐成天在生产队干活儿，累得很少来例假，一年就来一两次。来例假从来不用卫生纸，用一块破布。破布硬得跟柿树叶子一样，洗洗再用。

我们的村子叫刘楼，姓刘的是大姓，还有一些杂姓，如范、张、高、梁、普等。把所有的杂姓人口加起来，还不到全村人口的五分之一。姓刘的仗着人多势大，老是欺负小姓小户。

姓张的人家有一个闺女叫大椒，大椒刚长得有个闺女样儿，一些姓刘的半大橛子就打人家的主意，趴窗户外面看人家脱衣服睡觉，趴在茅房墙头上看人家解手。夏天大椒在坑边的桐树下睡觉，大白天的，一个半大橛子都敢把大椒拉起来，往旁边的麻棵子里拉。大椒喊救命，大椒的娘从屋里出来，半大橛子才撒手。大椒的娘把事情告给半大橛子的爹，当爹的说：这没啥，谁让你闺女不愿意嫁给俺儿呢！

姓范的娶了一个老婆，老婆的眼睛长得像画眉的眼一样，特别漂亮，人称十里香。村里姓刘的给她编了一个顺口溜：十里香，八里闻，一会儿不闻急死人。姓范的和老婆在床上睡觉时，一个叫刘四品的人，趴在人家房子后面的窗眼里偷看，连头都伸了进去。人家吹了灯，他什么都看不见，急得往屋里吐吐沫。后来他做了一只水姥娘，把水姥娘从窗眼里探进去，往人家床上滋水，把人家的被子滋湿。

姓梁的人家有一个闺女叫高提，村里有好几个姓刘的男孩子，都想占高提的便宜。他们趁去别人家闹洞房的机会，浑水摸鱼，摸的是高提的奶子。他们知道高提系不起裤腰带，裤子是缅裆裤，把高提的裤腿猛地往下一拽，裤子就拽了下来。高提吓得尖叫着，赶紧提上裤子，再也不敢参与闹洞房了。

明堂姓范，是我的小学同学。他的学习成绩挺好的，因家里是地主成分，他被说成是地主羔子，高小和初中都不让他上。村里人手痒了，就打明堂，把明堂打得在地上乱滚。这个踢一脚，那个踢一脚，谁不踢好像吃了亏。明堂吃亏吃在，人家骂他，他还嘴。他一还嘴，人家等于找到了打他的理由，打他打得更厉害。他开始练武，把一根木棍耍得呼呼生风，像孙悟空的金箍棒一样。他的练武行为被人上纲上线，说成是阶级斗争新动向。其结果，他被拉到社员大会上进行批判，打他也成了政治性的集体行动。

明堂的叔叔范很，外号猪八戒。猪八戒比明堂聪明许多。人家叫他猪八戒，他就跟猪学习，说话哼哼的。人家骂他，他哼哼两声就过去了。哪怕是小孩子骂他，他都不还嘴，人家没法儿打他。他会垒锅灶，谁让他垒，他就乖乖地去。

农村把男孩子说成是自家人，把女孩子说成人家的人，重男轻女由来已久。婶子觉出自己怀的是个女孩子，回到娘家，偷偷请先生扎她的肚子，在肚子里就把孩子扎死了。不能在娘家生孩子，她得赶快回到婆家。走到一座小桥上，憋不住，把死了的孩子生了下来，一看，果然是个女孩。她把孩子往水里一扔，用手巾把下身一兜，回家去了。大奶奶说孩子没生在家里，不让她进屋。婶子睡在一个用秫秆捆子搭起的空隙里，用扫来的树叶子堆在秫秆架子周围挡点风。风一刮，树叶子乱飞。赶上下雨天，雨水顺着秫秆往下滴，把婶子的衣服都滴湿了。婶子在门外住了一个月，大奶奶才许她进屋。

来堂在麦秸垛头捡到一个小闺女，都会放羊了。有人给来堂的弟弟介绍对象，来堂一看那女的，说弟弟不会要她，给我吧。他把女的领回家去了。女的不会说话，胳膊有点拐，腿也有点瘸。来堂晚上跟她睡觉，她疼得嗷嗷叫。来堂想让她生个孩子，将来好伺候她。别人劝来堂，别要她了，要她没啥用。来堂就把她送走了。过了几天，那女的娘家娘把她闺女送了回来，指着来堂对闺女说：他把你那个了，你就跟着他。

听母亲说，现在村里的妇女怀了孕，都是去医院做“毙抄”，“抄”出是男孩子，就要；“抄”出是女孩子，就不要了。“抄”来“抄”去，弄得男孩子多，女孩子少，男孩子找老婆难得很。

傍晚下了一阵小雨。我下楼去买牛奶，才知道下雨了。晚上，我外出走了走。雨已停了，往远处看，一片片灯盏水蒙蒙的。眼下的路都是黑的，楼道里也很黑。

2003年1月22日　星期三　晴

（农历腊月二十）

早起，我到户外活动，一下楼，有些早春般的感觉。天气不冷，空气湿润，是春天的气息。麻雀在叫，西天挂着大半个月亮。

这里离郊区不远，老是能听见简单机械发出的声音，像是抽水机在抽水，抑或是拖拉机在耕地。汽车也不多，有成群结队骑着自行车去上学的孩子。有的自行车后座上还带着同学。

接《长江文艺》何子英的电话，告知我的短篇小说《守身》获奖，希望我能去武汉参加颁奖会。我说我在开封伺候生病的母亲，颁奖会去不成了。我向何子英表示了感谢，答应再给她写小说。

中国煤炭报社原总编李士翘给我打电话，告知煤炭报创刊二十周年的纪念活动已举办过了。我是煤炭报的创始人之一，他认为我对煤炭报的贡献功不可没。

外面开始有零星的放炮声，离春节越来越近了。

中午，我扶母亲到餐厅，让母亲坐在餐桌前吃饭。母亲提起，我一共为她镶过三次满口牙，第一次是在郑州镶的，后两次是在北京镶的。说亏得镶了牙，要不是镶了牙，人早就不在了。

我告诉母亲，我写的小说在湖北得了奖。

母亲说，写小说不容易，太费脑子。我们村刘本恩的二闺女，高中正上得好好的，听说写小说能挣钱，还能出名，不写作业了，开始偷偷写小说。她听说我是写小说的，就到我们家去，向母亲借我的书。心不在读书上，她的学习成绩直线下降。老师找到刘本恩，让刘本恩管一管他的二闺女，要二闺女赶快打消写小说的念头，若二闺女早点回心转意，考大学还有希望。刘本恩管教二闺女的办法，是关起门来，让他儿子用皮带使劲抽二闺女，一边抽，一边问，改不改写小说的毛病？二闺女受疼不过，表示改过，不再写小说。不料她写小说已入了迷，到学校老是犯愣、走神，以致精神出了问题，只得休学回家。过了一段时间，二闺女到南方打工去了。

下楼去买牛奶，看见有趣的一幕。一个爷爷带孙子在小区门口玩，孙子三四岁的样子。一个年轻妈妈带着女儿，也在小区门口玩，女儿大约两三岁。小男孩双手捧住小女孩的脸，把小女孩的脸蛋捧得往前鼓着，自己的嘴凑上去，在小女孩嘴上亲了一下。爷爷说：这小子，干啥哩！妈妈对小女孩说：小哥哥亲你哩！小男孩像是受到了鼓励，又捧起小女孩的脸蛋，在小女孩被捧得张开的小嘴上亲了一下。小女孩似不大情愿，但也没有反对。爷爷可能看不过去了，对孙子说：走，走，咱到那边玩去。妈妈对小男孩再次亲自己的女儿似乎也有了看法，说羞羞，羞他！说着，教女儿用一根手指头在脸蛋一侧一抹，表示羞的意思。小女孩很快学会了，用小手指抹着一侧的脸蛋，说羞羞！小男孩不高兴了，气哼哼地说：你个小不点儿，还敢羞我！

我们村的瞎子天生没眼珠，也没泪珠。他娘死的时候，他哭得很厉害，只能是干哭，一滴眼泪都流不出来。人家跟他开玩笑，问你的眼泪呢？他说他的眼泪都让龙王爷借走了，龙王爷用他的眼泪调胭脂，搽在了龙王爷闺女的脸上。瞎子很会说瞎话，编起瞎话来一套一套的，想象力很丰富。他本来孤身一人，什么都没有。在想象中，他有很出色、对他很体贴的老婆，还有两个儿子、两个闺女。别人一再问他，他每次都咬定自己有二男二女，儿子干啥的，闺女干啥的，说得真鼻子真眼，很有意思。我看这是小说的材料。每个人都需要想象，在想象中欺骗一下自己，以得到精神上的满足和快乐。别人呢，也愿意听无中生有的瞎话，从中得到快乐。这与写小说和读小说的意思差不多。

2003年1月23日　星期四　晴

（农历腊月二十一）

一大早到户外活动，见西天半个月亮还很亮，和地上的白霜交相辉映。

有人喊口令，我以为有一队人马，走近一看，只有一个人。他是为自己喊的。

眼镜上有一层雾气，摘下眼镜，雾气很快缩小、消失。难道眼睛也会呼吸不成！

母亲说我小时候老尿床。睡到半夜，觉出我在被窝里撒尿，她舍不得叫醒制止我，怕撒尿突然中断，会憋出毛病来，任我在睡梦里把一泡尿撒完。母亲说，尿撒在她身上热乎乎的，一点都不凉。母亲说，我妹妹尿在她身上就是凉的。我对母亲的话持怀疑态度，怀疑母亲也有重男轻女的思想。

弟弟小时候身体不好，老生病。他生病了也

没人看管，只把他一个人放在家里。收红薯时，他把红薯秧子接起来，接得很长，当电线扯在树上，扯得七连八道的，用红薯秧子打电话。他到这里喂喂，到那里喂喂，打电话打得还挺忙。母亲回家送红薯，听见弟弟嘴里直磕牙，一看他发烧烧得满脸通红，正发抖呢。他发了一秋天疟疾，老也不想吃饭，吃点东西就哭。有一个破旧的绿茶缸，他要用来吃饭。给他盛半碗糊涂，他喝几口，睡着了，醒来再接着喝。

刘本彦和老婆打架，打得不可开交。狗头奶奶过去拉架，架没拉开，自己被打架的人一撞，蹾坐在地上，把胯骨蹾断了，只好拄着双拐走路。

淮海战役期间，狗头出官差，到战场上给解放军运送粮食。回来时，他捡了一件沉甸甸的东西，是没有爆炸的炮弹的引信。小孩子把引信当成了玩具，在门口的一块捶布石上磕着玩，磕得丁丁的，像是锻磨发出的声音。不料磕着磕着，引信突然爆炸，当场炸死两个小孩，一个叫小闺，一个是小闺的弟。引信是小闺磕响的，小闺的脸炸得都没了，小闺的弟弟炸得肚子开了花。狗头的儿子叫刘志，炮弹皮钻到他肚子里去了，他当场没死，夜里肚子开始发撑，不久也死了。刘孩被炸着了蛋皮，捂着蛋哭叫：我不能活了。征背着她的弟弟三友，刚转过一个墙角，炮弹引信就响了。三友被崩破了棉袄，后腰那里崩破了一块皮。母亲领着大姐从村外往家里走，听见一声巨响，以为有人用枪打老鸹呢。听见狗头家齐哭乱叫，过去一看，才知道炮弹引信爆炸了。三死两伤，这是刘楼历史上的一个事件，引信爆炸事件。它说明人们的无知，也说明武器的可怕。

刘楼形容一个人赖，说赖得跟张心田的箩头筐一样。怎么回事呢？张的老婆去别人家看新媳妇、闹洞房，把自己肚子里怀的孩子挤掉了。张心田用箩头筐抿着，连筐带胎儿扔到村西的义地里去了。太阳把胎儿晒得快化了，露着肋巴骨。箩头筐是半新的，并不赖。但就是没人捡，就算赖了。

2003 年 1 月 24 日　星期五　晴

（农历腊月二十二）

早上出去活动，见月亮越来越小了。月亮的存在已经很久远了，不知她阅尽了多少人间悲欢，不知她寄托了多少人的感情。月亮是无语的，她的永恒、伟大、神圣，就在于她的无语。

刁大夫天天为母亲输葡萄糖水，还有黄芪和维生素，维持着母亲的生命。母亲问我，还去医院吗？我对母亲说，去医院也是这样治，在家和去医院是一样的。

母亲给我讲杨桂荣的故事。杨桂荣也当过童养媳，有一天，她在磨粮食，公爹喊她“小妮儿”，让她过去看蚕吃桑叶。等她过去了，公爹用双手拉住她的双手，把她往床上拉。她看见公爹裤裆里支篷着，几推几挣把公爹推开了。

土地改革时，已当了干部的刘本一，让杨桂荣当妇女干部。一块儿去李楼开会，半路上刘本一老是吓唬杨桂荣，说有鬼呀，快跑！他趴到杨桂荣后背上，让杨桂荣背着他，他在后面顶杨的屁股。杨桂荣从此不当干部了。

杨桂荣的丈夫对杨很冷淡，两个人成了礼、圆了房，丈夫还不跟她睡一张床。杨桂荣跟我母亲哭诉，母亲找她丈夫劝了劝，两口子才睡到一个床上。

刘本山的爹被土匪打死了，刘本山还小，不会种地。他娘找了一个长工，帮他们家种地。他娘跟长工好上了，怀了孕。孩子生下来，他娘把孩子弄死了。下着大雪，他娘带上他，说是去走亲戚，篮子里盛的是死孩子，孩子身上盖的是毛巾。走到西地，他娘把死孩子扔了，用脚踢点雪，把死孩子埋上。长工要走，他娘追上去，把给长工做的一件白汗布褂子脱了下来。

今天开始读雨果的《悲惨世界》，计划在春节前读完。

2003年1月25日　星期六　阴

（农历腊月二十三）

早上出去活动，天气不是很冷。预报有小雪，还没下。

母亲提醒我，今天是小年，是祭灶王爷和灶王奶奶的日子。在老家过小年祭灶时，要给灶神烧香、烧纸、放炮，举行一系列仪式。最主要的仪式，是把贴在锅灶旁边的灶王爷灶王奶奶像请下来，点燃，送他们上天，到玉皇那里汇报一年的工作。请下神像之前，要往灶王爷灶王奶奶嘴上抹点灶糖，把他们的嘴粘一下，让他们多说好话，说甜话。所谓“上天言好事，下界保平安”，就是各家各户对他们的祈求。在城里，这些仪式就没有了。

上午，先是在开封某中学当老师的外甥王东伟和他的夫人张芳来看望母亲，接着，是外甥女孙艳梅和她的丈夫刘俊超，带着他们的儿子贝贝来看望母亲。他们都带来了祭灶糖。母亲很欢迎他们的到来，夸他们懂事。

10 点多，天空飘起了雪花。隔着窗玻璃望去，雪下得还不小。我看着看着走了神儿，感觉雪不是向下落，而是向上飞。待回过神儿来，见外面已是一片白。

据史料记载，北宋时，一批犹太移民经印度迁徙到当时的繁华宋都东京，皇帝御旨："归我仲夏，遵守祖风，留遗汴梁。"开封犹太人同汉、回民族保持着和睦的关系，按照本民族习俗繁衍生息，安居乐业，绵延七百余年。由于历史、文化和自然等因素，开封犹太人逐渐与当地民族通婚、融合。渐渐地犹太人被当地民族吸收了、同化了，很难再找到纯粹的犹太人血统和后裔。犹太人是白种人，当地人是黄种人，白种人都染上了黄色，变成了黄种人。白色是无色，而其他颜色人种是有色，如同一块白布很容易染上其他颜色，无色极易染成有色。比如白种人和黑种人生下的孩子统统染上了黑色。犹太人的高鼻梁、深眼窝等特征也都没有了。这说明中华民族的同化力是很强的。

2003 年 1 月 26 日　星期日　雪

（农历腊月二十四）

一大早，我下楼到雪地里走。我踏着深及鞋面的积雪，一直走到不远处的金明广场。我只拣没人踩过的雪地走，回头看，雪地里留下的只有我的一行脚印。雪已经停了，空气凉凉的，都是新雪的气息。我很想喊两嗓子，看看天还不亮，就没喊。我还想在雪地上写几个字，比如“下雪了”之类，因找不到合适的家伙代笔，就没写。我只能以脚代笔，在偌大的广场上走了好几圈，留下不少足迹。

听弟弟说，他的朋友吴某搞了一个情人，情人不是省油的灯，老是和他捣蛋，闹得影响很不好。市政府开展机关干部下乡扶贫活动，就让吴某下乡去了。有一次下雪喝酒，刘新福打电话让吴某去，吴某已经喝多了，正躺在地上大哭。还有一次下大雪，他们一块儿到黄河岸边喝酒，喝了酒就在河坡的雪地上打滚，一边打滚，一边打雪仗，玩得很是狂放、尽兴。

母亲是深眼窝，眉骨和眼眶比较高，眼珠陷得比较深。从远处看母亲，只见母亲黑黑的眼窝，几乎看不见母亲的眼睛。有一个堂嫂对母亲不是很尊重，背地里把我母亲叫成瞘眼子。母亲生病以后，眼窝显得更深，越来越深。听母亲说，她父亲的眼窝比她的眼窝还要深，照相的都不愿意给他照相，说怕照不到眼珠子。我走姥娘家时看见过大舅，大舅的眼窝也很深，深得有些吓人。母亲家族有共同的深眼窝，肯定与遗传基因有关系。我无条件对母亲家族的历史进行深究，我只知道母亲姓张，被同化的犹太人很大一部分也姓张，不知他们之间有没有什么关系。

母亲说她有一个叔叔，是大个子，深眼窝，高鼻子，辫子又粗又长。叔叔是个木匠，手艺很好，在当地有名气。她叔叔到邻县买木料，赶上那里修庙，被人家抓了胎。什么叫抓胎呢，母亲对我做了解释。神像里边的木头麦草骨架扎好了，泥也和好了，只需要挑一个模特，或者说找一个活人的灵魂，神像才能开始塑造。抓胎的过程，是由眼光高的人到大街上挑选，看中一个男的，或一个女的，身材匀称，相貌端正，有着金童玉女般的形象，方可成为抓胎对象。抓胎人在抓胎对象走过的脚印处抓起一点土，掺到和好的泥里，往扎好的骨架上糊。神像全部塑造好了，被抓胎的人心魂就没有了，就得死。母亲的叔叔被人抓了胎，还有鬼半夜里站在碾盘上喊他的名字，他一答应，不长时间就死了。临死时，母亲的奶奶抓住叔叔的粗辫子，哭得死去活来。

他们那里经常盖庙，不断有人被抓胎。母亲的叔叔死后，有一天，婶子说去赶鸡叫集，把两个孩子锁在屋里。两个孩子光着屁股在床上哭，她一去不回，改嫁到另一家去了。另一家已有五个儿子，日子也很艰难。没想到，婶子新嫁的男人也被抓了胎，婶子走投无路，投井死了。

一个长相出众的闺女被抓了胎，全家人大哭，姐姐哭得最凶，把刚糊上的泥哭得直往下掉，也没能把人的命救回。

还有一个闺女被抓了胎，其父听到消息，盛怒之下，竟手持木棒，跑到庙里，把刚塑画好的神像打碎了。其结果，他的闺女没有死。

母亲说，有一年正月十五元宵节，大姐和二姐去下老家看人家放焰火。下老家几乎家家做炮，每年都赚不少钱。他们赚了钱，就在元宵节放焰火，有拉火鞭、天鹅下蛋、海底捞月，很多名堂。大姐和二姐是一块儿去的，到那里人多一挤，两个人就分散了。半夜回到家，大姐捡回一只棉手套，二姐也捡回一只棉手套。母亲一看，两只手套正好是一对。母亲把棉手套改成棉袜子，穿在弟弟脚上了。

2003 年 1 月 27 日　星期一　晴

（农历腊月二十五）

雪过天晴，太阳一照，地上的雪化得水啦啦的。

我有两个姑姑，大姑嫁到蔡洼，二姑嫁到洼张庄，都嫁到了洼地里。母亲跟我讲了大姑家的事。大姑父被拉了壮丁去当兵，活不见人，死不见尸。大姑到坑边砍柴时，财主说砍到了他家的树根，把大姑打了一顿。大姑不甘受气，上吊自杀了。大姑撇下两个小孩子，也就是我的两个表哥，大表哥叫知事，二表哥叫如事，两个孩子只好跟着他们的奶奶过日子。后来奶奶生病了，肚子里存不住尿。弟兄俩天天到别人家借草木灰，给奶奶垫身子。

谁家有尿床的小孩子，都是缝一个灰布袋，装一布袋从锅灶里掏出的草木灰，垫在小孩子的屁股下面。自家的灰不够用，就去借别人家的。

我小时候也睡过灰布袋，刚睡上去热乎乎的，挺舒服。半夜里把灰布袋尿湿，屁股浸得嗞嗞啦啦的，就不舒服了。长大后我才知道，尿湿的灰布袋里泛出来的有碱有硝，碱和硝对皮肤都有刺激性，能把人的屁股淹红。

弟弟单位的门卫，是一位老职工。他想让女儿顶替他到办事处参加工作，找到家里给弟弟送了四千块钱。弟弟急忙穿上棉衣，追上老职工，把钱还给他。老职工情绪非常低落。

今天破天荒地开起了弟弟单位的汽车。我做梦开过汽车，能把汽车开得飞起来。真的开汽车时，我一点都不紧张，开起来就走了，开得稳稳当当。我当年学骑自行车，有同学帮我扶着后座，我还摔倒好几次。我觉得开汽车比骑自行车好学多了。有一条至关重要，开车时精力须高度集中，不能有半点走神。开得多了，就自如了。第一次开车我就开了好几圈。

接《小说选刊》副主编秦万里电话，说选刊要开一个新的原创专栏，嘱我给他写一篇小说，中篇、短篇都可以。我说暂时顾不上，等回到北京再说。

妻子打来电话，转告《小说界》主编魏心宏往家里打电话，说我给他们的中篇小说《走姥娘家》已发表。

费孝通认为，扬己和克己是东西方文化差别的一个关键。西方是“天人对立”的宇宙观，而东方文化强调“天人合一”。

吃过晚饭到外面走，见天上的云没有了，地上的雪也没有存住。星星很大，残月晶亮。

2003年1月28日　星期二　晴

（农历腊月二十六）

昨天晚间起床十多次，伺候母亲，没有睡好。加上外面天气较冷，没能早起到户外活动。

汴梁晚报社记者小卢来电话，说要来跟我聊聊，意思是要写一个专访。我情绪不高，不想聊。小卢说，这是报社领导交给她的任务，要是完不成任务，领导会批评她。我只好配合她的工作。主要谈了以下观点。

压力是身心对生活做出的反应。压力与变化有关，变化越大，压力也就越大。

技术与物质主义的结合，增加了我们生活各方面的压力。我们感到自己是被强迫去做更多的事，去拥有更多的物质，为了抓住一切而拼命奔跑。我们个人幸福的感觉成为这种环境的牺牲品。

技术解决不了人类的问题，上网越多的人，家庭情况或许越糟。

我们对演艺明星的婚姻情况知之甚多，却不一定清楚自己的伴侣在隔壁做什么。

市场经济的一个特点是无情。

城市生活具有非人性影响。

晚上，我伺候母亲吃了药、睡了觉，到外面转了转。春节日渐临近，彩灯都打开了，开始装点城市和烘托节日气氛。有一组彩灯是放射性的礼花状，不断循环放射，甚是绚丽。可惜无人欣赏。我在广场花园转了好一会儿，只见一位母亲领着患偏瘫的女儿，推着一辆铁架子童车，在路边走。女儿走得很费劲，脚一跺一跺的。我听了解情况的人说过，女儿二十来岁时得病，母亲已带她练了十多年。女儿三十多岁了，不显老，母亲为女儿付出了巨大辛劳。

还看见了一个傻子模样的人，在干枯的草地里低头寻觅，捡起一个旧塑料袋。我跟他搭话，问他捡到什么了，他不搭理我，赶紧溜走了。

正常的人很难理解傻子的行为，每个傻子也应该有自己的内心世界，我们无法进入他们的内心世界。在他们心目中，我们是不是都是傻子呢？

2003年1月29日　星期三　晴

（农历腊月二十七）

早上出去走走，见月亮细得只剩下一条线，一条细细的弯线。

我给母亲递饭碗，母亲伸着脑袋往我脸上看，发现我的嘴角烂了，说我上火了，让我去抹点香油。我说没事儿，过几天就好了。又说，这是因为吃菜少，缺乏维生素。

母亲问我啥是维生素，一下把我问住了，我说我也说不清楚。

母亲说我们姐弟跟她一样，身上都是毒气重。二姐小时候头上长秃疮，起白泡，流黄水，把头发粘在一起，头顶像垒了一个黄鹭子窝。爷爷用矾配成药膏子，糊在二姐头上，把二姐疼得乱蹦乱跳。后来二姐头上的秃疮好了，只掉了一小块头发，没有变成秃子。

妹妹头上也是长秃疮，抓不得，挠不得，痒得想摔头。母亲从腌鸭蛋的坛子里挖出一把极咸的草木灰，一下子糊在妹妹头上。妹妹觉得像是有一万只蝎子蜇了她的头皮，疼得她哇哇大叫。糊上咸草木灰之后，妹妹头上咕咕流白水，排出了毒气，好了。

我们几个人都得过烂耳朵病，耳朵上流黄

水，结黄痂，其痒难忍。我们对烂耳朵一点办法都没有，只能忍着，等它慢慢好。

那时小孩子们鼻涕也多，粗粉条一样的鼻涕流得多长也不断，眼看要搭在嘴唇上，使劲一吸鼻子，鼻涕又缩进鼻孔里去了。

更让人不解的是，我们小时候眼上老是长眵目糊。听见鸡叫了，知道天明了，该起床了，就是睁不开眼。双眼都被眵目糊糊上了，眵目糊一干，把上下眼皮和眼睫毛都粘住了，粘得像用铁锔子锔的一样，掰都掰不开。母亲教我们打开眼皮的办法是，男孩子趁自己挤着眼撒尿时用手接点尿，拍在眼睛上，女孩子用吐沫湿眼睛，把干在眼皮上和眼睫毛上的眵目糊化开。我睁开眼时，仍能听见眼睫毛被拔掉的声音。

那时候农村卫生条件差，没有条件讲什么卫生，人都是一冬天不洗澡，也不洗衣服。人身上的灰结了一层又一层，好像在原有的皮上又结了一层皮。不洗衣服是因为冬天穿棉衣，棉衣不能洗，也没法儿洗。别说冬天了，有的人夏天也不洗衣服。一件粗布半截袖汗褂子穿上身，白色变成黄色，黄色变成黑色，直到穿烂，都不洗一回。

有的女人爱干净，才会隔长不短地洗洗衣服。没有肥皂，也没有洗衣粉，她们弄点草木灰，浸湿，放在密排的黄蒿棵子上，往下淋水。淋出的水里有碱，一摸滑溜溜的，用来洗衣服。这是比较讲究的人家。一般人家的家庭妇女都是到坑边洗衣服，把衣服湿水，窝在一起，放在石头上，用棒槌捶，捶衣服的声音能贴着水面传很远。衣服洗完，用白面汤浆一下，浆得硬硬的，有一股甜甜的面味。

2003年1月30日　星期四　阴
（农历腊月二十八）

那天电视台为母亲和我拍的电视片，昨晚8点10分在开封电视台首播，片长10分钟。接到通知，母亲就一直守在电视机前等着看。电视片播出来时，母亲戴着老花镜，身子坐得直直的，看得十分专注。看完电视，母亲说：夜里该睡不着觉了。我问为什么，母亲说：高兴的。

二姐打来电话，说房子打住顶了。老天爷可怜我们的孝心，前几天没有上冻、结冰，打顶打得很顺利。我让二姐好好过年吧。

除了我们家盖房，村里不少人家都在盖房。目前的农村流行“两大”：一是大进城，二是大盖房。盖房的目的有所不同，我们是为母亲盖房，别的人家大都是为孩子找对象结婚盖房。他们在城里苦挣苦攒、省吃俭用，就是为了回家盖房子。他们一般不在老宅盖新房，都是另选新址，到村外的可耕地里圈地盖新房。

刘本强到村外盖了新房，老房子就不住人了，院子里长满了荒草。刘本令家在我们家对面，他儿子外出打工丧命，老房子闲置下来，老宅成了阴宅。张廷玉本来住在我们家后院的坑边，他不翻盖老房子，也到村南的好天好地里盖新房。他有三个闺女在城里打工，很能挣钱，往家里一寄就是几千块。他家是外姓，以前贫穷，被人看不起。现在靠闺女在外挣钱，家里的经济状况打了翻身仗。张廷玉在人前骄傲起来，老是说十年河东，十年河西。有人问他眼下是河东还是河西，他向下拉着嘴角，不说。

金钱法则已渗入农村生活，谁家有钱，谁家盖的楼漂亮，谁家就算有本事，被人高看一眼。谁家穷，盖不起房子，就被人看不起，孩子就找不到对象。同时，人与人之间的关系变得冷漠起来，谁都不到谁家去，走动越来越少。国家越开放，各家各户反倒建起围墙，装上铁门，养起狼狗，变得壁垒森严。

以前，我们村只有四五个在外面工作的人，两个在县城当老师，一个在南京当干部退休，一个在煤矿的建筑工程处当工人，还有一个就是我。那时从外面回去一个人，全村的男人和小孩子都会到他家去，吸一根烟，或吃一块糖。吸烟和吃糖只是一个方面，还有一个方面，他们想听听从外面回来的人说说外面的消息。现在情况变了，村里的青壮男人大都在外边跑，北京、上海、深圳、大连、乌鲁木齐等，哪儿都去。人人都见多识广，个个都装了一肚子的故事，谁都不再去看别人，谁都不必再从别人嘴里听消息。

2003年1月31日　星期五　飞雪

（农历腊月二十九）

今天是除夕，飞雪迎春。

迎着漫天飞雪，我到金明广场跑了一圈。遍地都是新雪，一步一个脚印。弟弟用他的购物卡，给我买了一双皮棉靴，棉靴靿深，脚下也不打滑，适合在雪地里跑步。觉得新雪有些粘脚，脚下一粘一粘的。

过大年，下大雪，这种情况还不多见。俗话说瑞雪兆丰年，这样的俗话大家都爱说。

除夕夜，难免想妻子、想孩子。我与妻子结婚近三十年，每年的除夕，我都是和妻子一起过，今年不能和妻子一块儿除旧岁了。

爆竹声声除旧岁。开封人放炮，都是在自家门口的楼道里放，住五楼的人在五楼放，住四楼的人在四楼放，放得惊天动地，震耳欲聋，仿佛整座楼都在发抖。这大概是住平房时留下的传统，认为在自家门口放炮能驱邪。我觉得这个习惯不太好，一是容易发生火灾；二是楼道里硝烟充斥，影响呼吸；三是声音太大，容易震坏人的耳朵；四是楼道里都是炮皮，不易清扫，污染环境。

北京人都不在楼道里放炮，连在阳台上放炮的都没有，都是在楼下的空地上放。

想起小时候拾炮，那是一个很大的乐趣。听见哪里有炮响，欢呼着往哪家跑。那时鞭炮都不长，一般是五十头到一百头，三百头的鞭炮都很少。炮响不等人，等拾炮的小孩子们跑到了，炮已经响完了。过年无月亮，都是摸黑跑，跑得高一脚、低一脚。也有人在猪蹄甲子里塞点猪油，点猪油灯。可猪油灯的灯头太小了，经不起一点风，一跑，一带风，灯就灭了。姓普的来品来印二兄弟拾炮最积极，跑得也最快。有一次，他们跑到了一家人的粪窑子里，粪窑子里有水，两个人的棉鞋里都灌了水。大冬天，他们穿着水湿的棉鞋，兴趣一点也不减，照样满村跑。拾炮是一种热闹、一种希望，也是一种习俗。等天亮了，孩子们的口袋里都装有拾来的炮，大小不一，有带捻儿的，有不带捻儿的，拾到的带捻儿的炮舍不得放，比一比谁拾到的炮最多。

每年过除夕，很多人盼着看中央电视台的春节联欢晚会，春晚仿佛成了过年的一道大菜，不吃这道大菜，就不算过年。节目多是娱乐的、搞笑的。人们准备好了要笑一笑，可看了却笑不出来。这年的节目，我和母亲都看不下去，刚 9 点钟，我们就回屋睡了。

为避免半夜炮声惊扰母亲，我用卫生纸团了两个小纸团，让母亲塞住耳朵。我自己也用纸团把耳朵塞上。弟弟、弟妹、侄女，一直在客厅里守岁、看电视。等新年的钟声敲响时，他们还要在门口放鞭炮。

这个日记本记满了，从 2003 年的正月初一起，换一个新的日记本，接着记。

2003 年 2 月 1 日　星期六　雾
（农历正月初一）

大年初一，农历新的一年开始了。 今年是羊年。

因用纸团塞住了耳朵，昨夜睡得还可以。 半夜做梦听见枪声不断，像是起了战争。 稍微清醒一下，才知道不是枪声，是鞭炮声。

早起给母亲拜年，女儿、儿子也给奶奶电话拜年。 接着拜年的电话不断，大姐、二姐、妹妹等，纷纷给母亲拜年。 凡是拜年的电话，我都让母亲接听一下。 母亲情绪不错，谁拜年她都笑着，说好，好！ 母亲说，她还以为活不到过年呢，没想到还真活到过年了。

母亲提起 1960 年过春节，那时大食堂还没解散，但已经快断顿了。 冰天雪地的，村里没有炮声，没有炊烟，跟坟地差不多。过年别说穿新衣、吃白馍了，连黑馍都没有。大年初一，各家各户只能去食堂领一点蒸红薯充饥。住在我们家东边的一个地主婆，她丈夫死了，一个人领着五个孩子过日子，就在大年初一那天，她让五个孩子都到食堂去，自己在家里上吊自尽了。

母亲提到的这件事我记得，听说有人上吊，我跑去看过。死者躺在地上，她的五个孩子哭成一团。她最小的孩子是个女孩，名字叫忙。忙还不到一岁，平日还要吃奶。忙趴在她娘身上，在掀娘的衣服，似乎在找奶吃。

有人说鹅会唤气，可以把死者的一口气唤回来。于是，有人把别人家的一只看家的白鹅抱来了，把鹅的嘴对在死者的嘴上，让鹅为死者唤气。可鹅使劲往后缩着脖子，根本不听人们的使唤。也有人说，鹅是鹅先生，鹅先生已经看出死者早就没气了，再怎么唤也是白搭，所以它拒绝人们对它的要求。

我要写一部反映三年大饥荒生活的长篇小

说。

政治有一项功能是让人遗忘，而作家的责任是为民族保留记忆。

中国的文化是报喜不报忧，历来有隐瞒灾情的传统。

据说清廷总理大臣李鸿章曾访问沙俄，访俄期间，俄国出了一个事故，死亡二百多人。下属赶快把情况报告给沙皇。李鸿章对此颇不以为然。人家问他，若遇此事，他怎么办，报不报皇上？他说不报，只报国泰民安。人家问为什么，他说皇上日理万机，事情那么多，怎么能为这点事让皇上不安呢！

1942 年，也就是民国三十一年，河南大旱，死人无数，人相食。美国记者到河南采访，拍了不少尸横遍野的照片。在重庆的蒋介石不但不相信，还说记者造谣。记者要求见蒋，蒋不见。后在宋庆龄的引见下，记者才见到了蒋介石，并把拍的照片给蒋看。迫于国际舆论压力，蒋介石才从外地调了一些粮食，赈济河南灾民。

三年困难时期，人民寄希望的也是最高权力阶层。他们说，一定是风把电话线刮断了，毛主席接不到电话，不知道下面饿死人的情况。等电话一接通，毛主席知道了，人就有救了。

2003 年 2 月 2 日　星期日　雾

（农历正月初二）

早起外出跑了一圈，出了微汗。以后每天的锻炼都争取跑出一点汗来，这样才能起到锻炼身体、避免增加体重的作用。跑步不择场地，不受条件限制，腿上有脚，脚下有路，是最简单易行的锻炼方式。

白天，有人把几千头的长鞭炮拉开，拉成长龙，在地上放。我听见炮响，从三楼隔窗往下看，见炽白的光一闪一闪的，闪得相当缭乱。炮的响声不是来自炮本身，是空气的声音。炮猛烈爆炸，把完整的空气系统炸开无数个洞，就发出了响声。炮响是空气破裂的声音。还有大风吹树的声音，赶牲口打鞭子的声音，人打喷嚏的声音，以及所有的声音，都是空气剧烈变形发出的声音。

弟弟带我去练车，练了一个多小时。往前开没问题，倒车还不太熟练。

练车回来，母亲跟我讲了我四爷的故事。我爷弟兄四个，我爷是老二，叫刘敦义，四爷名叫刘敦信。四爷爱交朋友，以有朋友为骄傲。他有个朋友叫张文祥，是外乡人。张文祥当兵时，勾引人家刚娶不久的新娘子，带着新娘子钻庄稼地、蹚河，跑到我们村投奔四爷。四爷给他们找了一间放太平车的小车屋，门口堵了一领箔，让他们在小车屋吃住。当时是秋天，地里的庄稼已经成熟。张文祥在夜里四处去偷人家的红薯、玉米、豆子等，用四爷给他们找的小锅煮着吃。有一回，他竟然偷回了一头牛，宰掉，吃肉。肉吃不完，都臭了，只好扔掉。张文祥又去偷人家的东西，被人家逮住，当土匪杀掉了。他吃了牛的肉，人家吃了他的肉。张文祥带到我们村的新娘子遂成了寡妇。寡妇还住在车屋里，村里不少人去跟她好。三爷三奶奶让四爷收下她，留着当老婆。四爷仗义，说朋友妻，不可欺。他不同意。三爷三奶奶指使村里人把寡妇推着、搡着，硬关到四爷屋里去了，并从外面把门锁上了。四爷有些无奈，只得把寡妇变成了四奶奶。有大苍蝇绕着四奶奶飞，四奶奶认为，这是张文祥的鬼魂变的苍蝇，在纠缠她。她把苍蝇捉住，用针把苍蝇钉在树上，说钉死你，看你还缠人不缠人。算卦先生给四奶奶算过卦，说她这一辈子要吃七个井里的水，意思是说她要嫁七个男人才到头。四奶奶为四爷生了一个闺女、一个儿子，四爷就死了。四爷是肚子里长疙瘩死的，疙瘩长得很硬，像石头一样，被人说成是肚里长石。

四爷死后，四奶奶跟从外边当兵回来的小秋鸡好上了。四奶奶的闺女叫继荣，继荣说，秋鸡带着长枪去他们家，把枪往床上一放，就睡到他们家床上了。继荣都会拾柴火了，有一天掉到一座小桥下面的苇子棵里淹死了。四奶奶喊遍全村找不到继荣，等继荣在水里泡得漂起来，才在苇子棵里把她找到了。继荣临死时，手里还攥着一把镰刀。

2003年2月3日　星期一　雾

（农历正月初三）

妻子打电话来，问年过得如何。我说挺好的，我学会了开车。妻子有些惊奇，问真的？我说当然真的。妻子说：那不错。

我妻子活得自然，她心里总是充满快乐，始终保持着常态。她不考虑人际关系，从来不算计别人，心地比较单纯。单纯的人是快乐的。

下午，庆喜开车，我们一块儿去了兰考。兰考是开封下面的一个县，归开封市管辖。庆喜提前给县长打了电话，由县长出面接待我们。我们拜谒了焦裕禄的墓，在墓碑前照了相，还参观了焦裕禄事迹纪念馆。焦裕禄1962年冬天到兰考工作，1964年就病死了，在兰考工作了不到两年。焦裕禄是树立起来的典型，国家需要这样的典型。焦裕禄被推举宣传出来，应该说有很大的偶然性。在很大程度上说，焦裕禄事迹的发掘，是记者的愿望和感情表达，是知识分子通过焦裕禄的事迹发声。因发声发得适时、恰当，既符合大众的愿望，又符合上级的要求，这个典型一下子就轰动了全国。写这篇通讯的主要记者穆青，他的老家是离兰考不远的杞县。这证实了我的判断，穆青要反映家乡人民的疾苦，没有别的什么有效途径，就托了焦裕禄的事迹，把自己对家乡人民的感情表达出来了。其实好多事情都是这样，背后隐藏的是有良知的知识分子的心声和情怀。无论怎么说，焦裕禄的确是一个善良人，他对老百姓很好，事迹确实感人。加上焦裕禄已经去世，是盖棺定论，怎么赞扬他都可以。这是穆青做的一件很有功德的事，在学习焦裕禄的时候，不应该忘记穆青。开封还有一个被称为包青天的久唱不衰的典型，这个典型肯定也是有担当有思想的知识分子推出来的。至于是哪位知识分子最早把包拯铁面无私的故事写入剧本，并搬上舞台，恐怕极少能有人说得出来。你要是问我，很抱歉，我也只能摇头。

晚间，我到金明广场看人家放烟花。一辆面包车开过来，下来十几口子，像是一大家子。他们从车上搬下一大纸箱烟花，一样一样摆到广场中央，开始燃放。旁边还有一些等候捡烟花筒子的人，捡走当废品卖钱。一筒被称为“火树银花”的烟花，还没放完，一个小男孩就凑了过去。另外一个拾废品的中年男子，对男孩抢他的生意有意见，说男孩太胆大，炸死你就不能了。男孩用脚把烟花筒子踢倒，捡起来就走了。他说：哼，我不怕！

广场边上有卖烟花爆竹的，我花了二十元钱，买了一挂三千头的鞭炮，在地上放了，过一下放炮的瘾。

往回走时，见一个胖胖的、穿皮衣的半大男孩，一路走，一路从口袋里掏出小烟花来，用打火机在眼前点燃，随即扔在地上。小烟花冒着蓝幽幽、绿荧荧的光，在地上打了一个旋，最后响了一下。我看男孩像是智力有所欠缺，问他放的是什么烟花，他说是转老鼠。问谁给他钱买烟花，他说爷爷给，爸爸也给。这时一个老头儿过来了，看样子是他爷爷。我说男孩玩得很快乐，爷爷说：差不多吧。

2003年2月4日　星期二　雾

（农历正月初四）

今日立春，立了春，就进入春天的门槛了。俗话说一年之计在于春，意思是提醒人们抓住时间的开头部分。今年春天的开头用来伺候母亲，别的什么都说不上了。

伺候母亲的过程，也是消耗悲痛的过程。我想每一个伺候危重病人的亲人都是这样，如同把悲痛分成段，或拉长，或拉细，一段一段消耗。时间长了，悲痛就消耗得差不多了。当悲痛最终到来，我怀疑自己还有多少悲痛的能量。

开封是古城，春来时还保留着放风筝的传统。我到金明广场锻炼身体，见那里有不少摆摊卖风筝的。放风筝的倒不是很多。卖风筝的半夜就起来占地方，在路边扎堆聊天。他们聊的声音很大，像吵架一样。占地方的工具是一根竹竿，把竹竿横着往地上一放，就算占到地方了。小市民做点生意不容易呀！等天亮之后，他们才把风筝拿来。风筝的种类很多，有大鲨鱼、蜈蚣、燕子、老鹰、蝴蝶、蜻蜓、猪八戒等。“好风凭借力，送我上青云。”

2003 年 2 月 5 日　星期三　晴

（农历正月初五）

今天是正月初五，也叫破五。过了破五，人们就可以干活儿了。而在破五这一天，是不许干活儿的。传说破五这天是懒婆娘的生日，所有妇女都可以当一天懒婆娘。她们穿上干净的衣服，这儿站站，那儿坐坐，就是不动手干活儿。当然了，饭还是由她们做。欠债的人家，这天要擀一张大面片子，像锅口那么大，一下子下进锅里，说是补窟窿。年前蒸好的枣山馍，也是在破五这天吃。山尖子由当家的男人吃，吃了山尖子，犁地时才不打犁铧。这些习俗都是母亲对我讲的。

人要得到快乐不是很容易，有的人可能一辈子都很少快乐。这与天性有关，也与人的自我调节能力有关。快乐大概分几个阶段。童年时期的快乐，是自然的快乐。长大进入社会后，要承担很多工作和生活压力，就不怎么快乐了，更多的时候是烦恼。过了烦恼阶段，把人生看得透彻一些，超脱一些，快乐还会回来，这时候的快乐就到了一个比较高的境界。不快乐有多种因素，身体状况不佳也是一种因素。经常闷闷不乐，肯定会影响人的身体健康，并形成恶性循环，那是最糟糕的事。人有两种健康，一种是心理健康，一种是生理健康，两种健康互为影响，相辅相成。

下午，花一块钱门票洗了一个温泉澡，花两

块钱请人搓澡，一共才花了三块钱。如果到洗浴中心去洗，洗澡二十元，搓澡十元，共三十元，正好是我去洗温泉澡的十倍价钱。洗澡的效果是一样的，何必要花那么多钱呢！再者，到便宜的地方洗澡，还可以体验一下平民的生活。

妻子打电话告诉我，《小说月报》今年第二期选了我发在《北京文学》的短篇小说《灯》；《新华文摘》第一期选了我发在《人民文学》的短篇小说《尾巴》；《小说选刊》第一期选了我发在《阳光》的短篇小说《城市生活》。刚开年就有三篇小说被选载，应该说 2003 年开局不错，让人高兴！有这些小说垫底，不要着急，耐下心来，好好伺候母亲，切记久病床前无孝子的告诫。

过年期间，看了方方发在《当代》2003 年第一期的中篇小说《水随天去》，挺不错的。我以前很少看方方的小说，听王安忆说过，方方的小说品质挺好的。看来真的挺好，确有让人动情和动心的细节。

听母亲说，大奶奶是长疮长死的。疮长在腿

上，发炎，发烧。临死前，刘本成叔一再问大奶奶想吃点什么，大奶奶剩下一口气时才说，想吃点红糖。本成叔赶紧想方设法借来一点红糖，捏了一撮子放在大奶奶嘴里，问：娘，娘，糖甜不甜？大奶奶说甜，腿一伸，就死了。

2003年2月6日　星期四　晴

（农历正月初六）

早起外出跑步，有风，是南风。虽是春风，颇有凉意。

上午，煤矿的朱文章和新密市的刘海发来访。刘海发出了两本书，想加入中国煤矿作家协会。他们知道我是煤矿作家协会的主席，就专程到开封来找我。

朱文章自称和王长水很熟悉，向我讲了王长水的情况。王长水在矿务局政工组当宣传组组长时，把我从水泥支架厂调到了宣传组。可以说，王长水对我有知遇之恩，我对他的情况一直比较关注。他先后当过王庄矿的矿长、安阳矿务局的局长、新峰矿务局的局长，还到深圳干过一段时间。不管他到哪个单位任职，我都以煤炭报记者的身份去看望过他，从新闻报道上支持他。听朱文章讲，王长水夫妇从深圳退休回到郑州后，存款有一百多万，生活挺优裕的。可他们闲不住，觉得存的钱还不够多，发财的愿望未得到满足，就把自家的存款拿出来，又向一位副省长的儿子借了五十万，在荥阳开了一个小煤窑。赶上那几年煤炭供大于求，全国煤矿都在走下坡路，开小煤窑赚钱挺难的。雪上加霜的是，王长水办的煤窑发生了事故，一下子死了好几个人。这一来，王长水倾家荡产不说，儿子被追上门来讨债的人炸瞎了眼睛；王长水本人也中了风，瘫痪在床。王长水真是一个可怜的人，他的不幸遭遇让人唏嘘。

下午和弟弟、侄女一块儿到金明广场放风筝。弟弟交给我的是一只绢做的鸿雁风筝，让我放。我小时候只在春天的麦田里放过用高粱篾子扎的地滚子风筝，从没有放过在天空飞起的风筝。“儿童放学归来早，忙趁东风放纸鸢。”年过半百，我是第一次放这样的风筝。我以为风筝不好放，谁知挺好放的，一举起来，鸿雁的翅膀颤动着，像挣着一样往空中飞，很快就飞高了。风筝的线轴拉着沉沉的，不断颤动，一直传达到全身，有一种钓到大鱼的感觉。

天上的风筝很多，各种各样的风筝都有。一个父亲模样的人，带着两个女儿放一只黄雁风筝。一条长长的带花纹的眼镜蛇风筝在黄雁后面绕来绕去。其中一个女儿似有些害怕，说快躲开，它光咬咱的屁股。一只鸽子很快飞了过去，它像是有些惊慌，又像是要和风筝比赛一下，看谁飞得更快、更自由。

回头看见一个少妇牵着一条小狗，我下意识地把小狗看成了狗形风筝，对少妇说：把你的小狗放起来吧！少妇笑了，说恐怕放不成。我看见有的大人扯着小孩子，觉得小孩子好像也是可以放飞的。放风筝是一种奇特的感觉，有许多象征意义在里面。

一个当爸爸的，领着一个大约十来岁的女儿，来到我身边，一齐仰着头看我放飞的鸿雁。女儿手里拿着一个线轴。因鸿雁飞得很高，在空中看不到牵鸿雁的线，当爸爸的问：那只鸿雁是你的吗？我说，是呀。他说，他们放的也是一只鸿雁，因线跟人家的线纠缠在一起，断了，鸿雁就找不到了。既然断了线，风筝会升高，飘远，或者落在地上，不会像有线牵着的风筝一样，哪里还会停在空中。看那女儿手拿空线轴，痴痴地向空中望着，一副失望的样子，倒也怪可怜的。

2003年2月7日　星期五　半阴

（农历正月初七）

母亲说，她小时候，老家时兴在立春那天打春牛。春牛是用红纸扎成的，牛头上贴着用绿纸、黄纸剪成的花儿。春牛的肚子大大的，里边装有核桃、红枣，还有一些红纸条子。春牛后面有一张犁，县长出来扶犁。一切准备停当，有人放了一个特制的烟花，烟花冒出一股烟，并发出哞的一声牛叫，人们蜂拥而上，打春牛就开始了。把春牛的大肚皮打破，抢里面的东西吃。现在到了立春，没有打春牛的了。犁地也不用牛了，都是拖拉机，拖拉机不用打。

母亲转述大姐那村的一件事。一个男孩在睡午觉，听见床下噔噔响，以为下面有鸡，在叨吃床箔子上的小虫子。他趴床边往下一看，竟是一条枣花子长虫。不知长虫往床箔子上叨什么，也许在叨飞蛾。男孩有些害怕，不敢再睡觉，跑去喊来他二叔。他二叔探头往床下一看，把长虫吓跑了，长虫往一个墙洞子里钻。当长虫钻进半个身子时，二叔上去揪住了长虫的尾巴，想把长虫拽出来。不料长虫奓开它身上的鳞片，巴住了洞壁，怎么也拽不出，拽得长虫的骨节咯吱咯吱直响，就是拽不出来。二叔喊男孩拿钉子、拿锤子，用钉子把长虫的尾巴穿透，横着往旁边一拉，钉在了墙上。男孩看看，长虫的半截身子在洞里，半截身子在洞外，不敢在床上睡，到别的地方睡去了。

第二天，二叔过去一看，长虫还在那里固定着。长虫进退两难，和铁钉子较着劲，僵持着。在床下的暗影中，红枣花子长虫一动不动，像挂在墙上半截红腰带。

两天过去，到了第三天，长虫还在那里。人们听到了消息，去看长虫的人越来越多。长虫或许知道人们去看它，它一动不动。

二叔想把长虫弄死，他想了一个办法，往长虫尾巴上抹剧毒农药，用草棍往药瓶子里蘸一下，抹在钉钉子的伤口处，过一会儿抹一点。为方便给长虫抹毒药，二叔他们把床挪开了，把长虫暴露出来。

长虫没有被毒死，但它大概感受到了毒药的刺激性，上半截身子从墙洞子里退了出来。倘若人身上抹了这种农药，药会透过汗毛眼子，渗入皮肤，使人中毒死亡。人们在棉花地里打药，虽说打的是掺了水的稀释的药，如果稍不小心，皮肤接触到药液，人也会中毒。长虫没有明显的中毒症状，它的身体构造大概和人类不一样，身上至少没有毛孔。长虫虽然退出来了，但并不能逃脱，因为它的尾巴仍被钉在墙上。它的身子一拘挛一拘挛，企图用嘴去够它的尾巴，但它的身子弯不上去。

二叔的意思是把长虫打死算了。有人说长虫是记仇的，最好还是放掉它。二叔用铁锨把长虫端到东地里，挖了一个坑，把长虫埋了进去。二叔把坑挖得挺深的，他不想让长虫再爬出来。

第二天，惊人的一幕出现了，长虫不但从坑里爬了出来，还爬回村里，爬到男孩家，卧成一盘，盘踞到床下的老地方。长虫不像平常那样，把头藏在身子中间，而是把头举起来，眼睛瞪着，不断地吐着芯子。

坏了，长虫果然回来报仇了！村里人都这么说。别看长虫不说话，它厉害就厉害在不说话。神从来都不说话。大家都说，这个房子不能住了，得扒掉。扒房子时，长虫还不走。人们扒到房子一角长虫盘踞的地方，都不敢扒了，把那个房角子留下了。

直到冬天，长虫才不见了。

这是一个完整的故事，说不定日后可以写成一篇小说。

母亲说，不光是长虫，好多动物人都惹不起。有一只大蛤蟆，大得跟碗一样，天天晚上卧到一家的锅台上。这家人头天把蛤蟆送走，第二天早上一看，大蛤蟆又爬上了锅台，在锅台上静静地卧着。

铁锤他娘到地里割豆子，逮回一串子癞蛤蟆，放在锅底下的火里，烧烧给铁锤吃。癞蛤蟆烧得黄黄的，铁锤撕着吃，吃得很香。他娘见铁锤喜欢吃，以后每天都给铁锤逮回几只烧着吃。谁知癞蛤蟆身上是有毒的，铁锤吃癞蛤蟆吃多了，中了毒，人肿得明熠熠的，像人家吹的糖人儿一样，时间不长就死了。

2003年2月8日　星期六　雾

（农历正月初八）

早上雾越下越大，能见度极低。春节长假今日结束，人们该上班了。

我的职业跟自由职业差不多，不必到作家协会坐班，外出不用请假，也不会扣工资。从这个意义上讲，命该我们母子在一起，命运安排我来伺候母亲。

今天母亲给我讲了一件事，听得我心里有些沉重，老也放不下。我想，母亲之所以得了这个病，是不是与吃了被污染的食品有关呢？母亲说，老家一些炸油条用的油是牲口油，还有从熬骨头的水里撇出来的油。那些油都是用了再用，发黑，黏稠。有一次，一位表嫂去看母亲，给母亲买了油条。母亲当天没吃，过了两天才馏馏吃了。这一吃不当紧，母亲一次又一次的反胃、呕吐，吐得眼泡都肿了，像是中毒。我想，母亲所说的炸油条的油，很可能是人们所说的地沟油。地沟油在城里不敢使用，就流向农村去了。炸油条的图便宜，用地沟油炸油条，把油条变成了有毒食品。过去人穷，吃不起油条，现在吃得起油条了，油条却变成了毒油条，真是没办法呀！

2003年2月9日　星期日　阴雨

（农历正月初九）

下雨了，这是今年春天的第一场春雨。

我下楼时，雨刚开始下。我往外跑步时，雨越下越大。我没有退缩，继续往前跑。跑到金明广场那里，雨已经湿了地皮，看上去明溪溪的。朝汽车的灯泡望去，只见雨点很大，也很密。我自己也觉出来了，雨点打在我的羽绒服风帽上啪啪响。

雨中跑步让人兴奋，我大喊一声后，连着喊了好几声。啊，舒服，舒服，老天爷，你就下吧，使劲下吧，我要发芽，我要开花，我要长大……羽绒服外面水啦啦的，我身上却出了汗。

这也是一种精神上的发泄吧！

弟弟告诉我，开封有斗鸡，也有斗狗。有一年，弟弟带母亲和我去看过斗鸡，给我留下了深刻印象。那种公鸡经过特殊喂养、精心训练，是专门用来搏斗的。每一场搏斗持续一两个小时，最终必须见分晓、分胜负。斗鸡的场面，也异常残酷，我亲眼看见，两只公鸡的头都被斗得鲜血淋漓，血水糊住了鸡的眼睛，它们仍在斗。其中一只公鸡的脑袋眼看着肿了起来，并趴在了地上，另一只公鸡还不罢休，继续往失去了战斗能力的鸡头上啄，直到把对方啄得浑身瘫软，闭上眼睛。斗鸡尚且如此，而狗的个头、力量、凶狠度比公鸡大得多，想必更加好看、更加震撼。母亲听说我要去看斗狗，不想让我去，说太吓人了。从母亲的话里听出来，她是看过斗狗的，我没有问她什么时候看的，也许是年轻的时候父亲带她看过。我说没事儿，看一会儿就回来。

吃过早饭，由我驾车，弟弟带我冒雨去斗狗

场看斗狗。因雨下得太大，斗狗未能如期进行。一是观众太少，不够热闹；二是狗的主人怕雨水把狗淋感冒。我到狗的宿舍看了看，见斗狗被装在铁笼子里，因没有斗事急得嗷嗷直叫。这种狗是美国种，叫皮克。皮克毛不长，头颅很大，牙齿尖利。有人伸进笼子一根白蜡棍子，它竟像咬甘蔗一样，一下就把棍子咬碎了。屋子里放着三个铁笼子，里面各有一条斗志旺盛、凶煞般的皮克。笼子之间用铁板挡着，不让它们打照面。一照面它们就眼红，就愤怒，急于投入搏杀。

弟弟介绍说，狗一旦开斗，就互相咬住对方不松嘴，头乱拧，企图把对方的肉咬掉一块。人作为斗狗的裁判，为了让斗狗的场面好看一些，需要把狗分开，再让它们进入下一个回合。那意思像人类进行拳击比赛一样，要分成若干个回合进行比赛。裁判手持一种像是令箭一样的撬板，届时把厮咬在一起的狗嘴撬开。我看见了，准备斗狗的裁判各拿着一块撬板，撬板像是用胶木做成的。

没能看到斗狗，稍稍有点遗憾。

2003 年 2 月 10 日　星期一　阴

（农历正月初十）

一夜北风紧，气温骤降，又下起了雪。

早起出去跑步，见雪下得还不小，一出门积雪到脚脖。往别处一看，有的地面是裸露的。雪旋到了背风的地方，哪里风大，哪里无雪；哪里背风，就聚积了很多雪。看来雪也是怕风的。

母亲听姥爷说的，在饥荒年，一到下大雪，城里有钱人就会熬些稀饭给穷人吃，那种饭叫舍饭。乡下人听说哪里有舍饭，就到哪里去吃。因天寒地冻，人出去愿意背被子，不愿意带碗。被子可以取暖，碗大冰人。有时大雪到大腿根深，人走不成，只好在雪地里爬，雪粉把人的眼都糊上了。姥爷是厨师，也帮着做舍饭。姥爷用擀面杖把饭篷外面的积雪捅一个洞眼，往外看，见有人在外面等着吃舍饭。有的人舍饭没吃到，就冻死了，饿死了。

我们村的刘本兴小时候挨过饿，愿意藏粮食，好几年的陈麦都舍不得卖，用水泥打成粮仓，把小麦放在粮仓里，有一两万斤。他小时候挨饿饿怕了，害怕再遇到饥荒年。有小麦在家里放着，他才觉得踏实。有一个顺口溜他背得烂熟：家里有粮，心中不慌，脚踏实地，喜气洋洋。他儿子在外地给人家开小车，娶了一个回民媳妇。他秋天到集上贩梨，被汽车剐着了梨筐，人摔倒在地，差点被碾死。他跟刘本秋打架，刘本秋用锄头锄在他头上，一下子把他的脑袋削掉小半个。人虽然没死，脑袋塌下去一个坑，少了一块。

刘本耀小时候穿开裆裤，被冻烂过小鸡。小鸡肿得像胡萝卜一样，一撒尿就疼，一疼就咧着嘴哭。他是三爷的小儿子，三爷说哭啥哭，再哭用刀子把你的小鸡割掉，他才不哭了。

母亲养过蚕，我向母亲请教养蚕的知识。得知蚕从小到大，要眠三回。蚕眠时头肿着，头一歪就睡着了，像生了病一样。等它眠过，蜕下一层皮，接着吃东西。俗话说，麦熟一晌，蚕老一时。蚕一老，肚子里都是丝，变得透明。当蚕肚子里最后一粒蚕沙拉出来后，蚕就老了，开始吐丝、结茧。蚕一定要拉完最后一粒蚕沙，才干干净净地开始结茧。它提前两天就不再进食。

蚕结茧时，折来柳枝柳叶，弄来一些麦秸莛子，搭一个架子，然后用布单从下面一围，让蚕安安静静在里面盖小房子。蚕刚结出茧时，通过薄薄的透明的茧壳，能看见缩成一团的蚕不断吐丝，头和嘴动来动去，在内部编织它的茧。蚕结茧结够七天，把单子一揭开，哎呀我的娘吔，面前出现的像是雪树银山，喜人死了。凑上去仔细看，茧不光是白色的，还有黄色的、粉红色的。茧的形状也不一样，有的一头尖一头圆，有的像掐腰葫芦。蚕和人一样，有的蚕聪明，有的蚕笨，笨蚕结的茧是一个直拉片子。结成直拉片子，它也躺在上面，等着蜕变，变成蛾子。最神奇的是，有的茧个头特别大，叫葫芦茧。这种茧是两个蚕在一块儿合作结成的。用桑叶喂蚕时，嘴里要念蚕经："蚕姑娘，心里叹，三年不吃阳家饭。吃桑叶，住桑园，临老结个葫芦茧。结个茧，赛斗大，出个蛾，赛大雁，东京飞，西京串，繁华世界都看遍。"

蚕茧两三天就破壳，出蛾子。母蛾子肚子大，饱满；公蛾子肚子小，身子瘦长。都是母蛾子找公蛾子，母蛾子一出来，就急着找公蛾子交配。公蛾母蛾交成一对一对，翅膀扇着来回转磨，就是飞不起来。蛾子交过尾后，母蛾子就开始产子。母蛾子对产子的地方很挑剔，在干净的生白布上才愿意产子。母蛾子产子时，拿一个酒盅把母蛾子盖上，这样产出的子就密排成圆圆的一小片，很好看。

蚕蛹一变成蛾子就要拉屎，为了保持茧的干净，人们不等蚕蛹变成蛾子，就用剪刀把一部分茧剪开，把蚕蛹子取出来，炒炒吃。母蛹子肚子里有子，一吃咯咯响，很香。公蛹子没有子，吃起来不响。

蚕子只能放一年，头年的子，第二年用来养新蚕。发绿的里面有蚕子，一掐一兜黄水，啪一声响。一发白，就表明没子。第二年春暖花开，桑树冒芽，就可以暖蚕了。把密布着蚕子的布片在怀里或棉裤腰里暖，六七天就能暖出小蚕。小蚕刚出壳时极小，比蚂蚁还小。用鸡毛把小蚕扫下来，扫进蚕筐箩里，就可以喂了。一个猫蹄，能喂一席。意思是说，像猫蹄子那么小的一片蚕子，就能养一席蚕。

母亲把养蚕的过程讲得有条有理，具体生动，不能不让人佩服。我敢说母亲是有文学天赋的，她要是识字的话，说不定也能写文学作品。母亲不识字，只能由我来代替母亲写。我应该多写一些，把母亲的那一份也写出来。

我的母亲，地里的活儿她样样能干，种庄稼不比一个男人差；家里的活儿她更是样样精通，一般妇女都比不上她。如果说我母亲是一位农桑专家，一点都不为过。

下午，陪母亲看了三碟豫剧光盘《秦雪

梅》，由豫剧五大名旦之一的阎立品主演。在以陈素真、常香玉、马金凤、崔兰田、阎立品为代表的五大艺术流派中，我对阎派艺术有所偏爱。我觉得阎派豫剧艺术好比京剧中的程派艺术，的确有着荡气回肠的独特艺术魅力。名家自有名家的道理，任何戏剧名家都是唱出来的，不是吹出来的，阎立品确实名不虚传。名家须有拿手戏，也就是剧目。阎立品的拿手好戏就是《秦雪梅》。不论是哪个门类的艺术家，名家的特点，一是自然，二是轻松，三是源自生命本质，四是情感饱满。

母亲看得也很感动，一再说好。记得有一年在北京，母亲爱看电视剧《杨三姐告状》。因怕耽误儿子写作业，有一次没等母亲看完，我就把电视机关了，母亲很不高兴。这件事我一直记在心里，以后母亲想看什么，可以优先选择。

看完了《秦雪梅》，我又独自到雪地里走了两圈。

2003 年 2 月 11 日　星期二　晴

（农历正月十一）

早上醒来，还是涌起阵阵写作的欲望。这是多年养成的习惯，写点东西，就觉得干了事情，光阴没有虚度。不写东西呢，心里就发空。目前小说是没心写了，每天只有记点日记，动动笔，安慰一下自己。

以后每天跑步，要当成一件事情干。别的事情干不成，早起跑步还是办得到的。每天都要跑出汗来，达到减肥和锻炼身体的目的。这也算是一种必修课。

又去一元温泉澡堂泡澡，见一个浑身伤疤的人也在池里泡。我看一眼就不敢看了，可禁不住又看。我身上有些发麻，那人在池子里，我几乎不敢在池子里了。给我的感觉，那人不是在洗澡，像是在洗自己的内部器官，真可怕！

平时洗澡，我对别人不是很注意，因为大家

都差不多，身上都裹着一层人皮。突然来了一个烂皮和没皮的人，让人觉得很不适应，心理反应甚是不良。看来人的皮还是很重要，有一层皮包着，就不难看。坏了这层皮，整个人就完了，不太像人，像鬼。这有可能会影响我今后再到那里洗澡。那人像是大面积烧伤之后，没有植皮，身上布满疤痕。

中国的文字，日为日形，月为月形，都是象形文字，都是从自然中来的。我们使用时，也要顺其自然，使它们回归自然。如果反自然，文字会不舒服。

2003 年 2 月 12 日　星期三　晴

（农历正月十二）

早上，卖早点的又开始出摊了。过节期间，他们都回了老家，年过去了，他们都回来了。小鼓风机把煤火吹得旺旺的，空气里弥漫着股股煤香。一个中年男人还放了一挂长长的鞭炮，好像告诉小区居民，他们的小吃摊又开张了。卖饭的还有一个孩子，大约十来岁的样子，他肯定不再上学了。

妻子来电话，北京市首届德艺双馨中青年艺术家表彰大会将于2月13日召开，活动组委会很希望我能去参会，接受表彰，并领取奖状和奖牌。这个评选活动我事先知道一点消息，得知在众多北京作家中，被评为首届德艺双馨者只有三个人，为史铁生、刘恒和我。铁生和刘恒都是我的好朋友，不论为人为文，我都很敬重他们。能和他们二位一起同登荣誉榜，让我确实感到了光荣。可是，老母亲生病在床，老母亲离不开我，我也离不开老母亲，表彰会是参加不成了。

作家的德是什么？我认为，善是作为一个作家的最高道德。表现在所创造的文学作品上，也是劝善的，改善人心和人性的。双馨就是双善。

三爷病重时，母亲见他指甲很长，要为他剪一下指甲。他不让剪，说还留着挠痒痒呢。他的二儿子刘本堂拉出他的手，使劲拽住，母亲才用剪刀把他的指甲剪了下来。他的指甲硬得像铁片一样，很难剪，三爷又不好好配合，给三爷剪完指甲，母亲出了一头汗。

三爷对自己的身体状况充满自信，都接近九十岁了，还不相信自己会死。见家里人在为他准备后事，他说：慌啥慌，我死不死还不一定哩！三爷死时，母亲因在为三爷送葬时哭得太厉害了，喝了寒风，感冒发烧好几天。

三爷有一个孙子小名叫新式，新式的老婆四耗，是人贩子从湖北贩来的。四耗已经生了两个儿子、一个女儿。其中一个儿子都会走了，掉进粪窑子里淹死了。她被人贩子骗走那天，下着小雨。她五岁多的女儿要跟她一块儿走，她一脚把女儿踢回屋里，关上门就走了。她的小儿子还在吃奶，她把小儿子抱了出来。人贩子把四耗带到我们那里，好几个人想买。新式的爹刘本耀不知给了人贩子多少钱，人贩子答应新式可以把四耗领走。四耗见新式是个生人，不愿意跟新式走。新式讨老婆心切，想出了一个主意，趁四耗不备，抱起四耗的儿子就走了。四耗怕人家把她的孩子弄走，跟着新式回家了。好比四耗是一只羊，四耗的孩子是一根拴羊的绳子，新式通过“绳子”牵四耗，就把四耗牵回了家。

四耗发现自己受了骗，抱着孩子逃跑了。刘本耀发现后，赶快找到人贩子，他和人贩子一起追到漯河火车站，才把四耗追回。

我这个堂弟太不像话，有一年趁我母亲在北京过春节，竟翻墙摘门到我家去了，掠走不少小麦不说，还拿走了母亲的被子和床单。后来母亲回家，见四耗用床单在路上晒粮食，一眼就把床单认了出来。母亲缝过那条床单，床单上留下的针脚如同留下的字迹，母亲不会认错。不过，母亲给新式留了面子，没有把这件事说出去。母亲跟我说时，我劝母亲不要生气，那点东西权当咱扶贫了。

2003年2月13日　星期四　晴

（农历正月十三）

母亲昨晚拉肚子，我夜里起来好几次，帮母亲收拾。母亲情绪低落、悲观，提出想回家。

天快明时母亲觉得饿了，摸索着找吃的。我给她拿了一块蛋黄派先吃着，又马上去厨房给她做了一碗面汤，里面泡了两块蛋糕，她都吃了。知道饿，想吃东西，说明母亲的胃消化能力还可以。吃完饭，母亲就睡着了。

今天终于看到了斗狗。先是两个母狗咬。一条狗毛发黄，叫黄虎。另一条狗毛微红，叫红魔。红魔比较厉害，几个回合，就把黄虎咬倒了。

换了一条叫猛男的狗，向红魔发起挑战。两条狗势均力敌，咬了一阵，就不好好咬了。

只好牵出一条快刀，让快刀攻击猛男，说是让快刀把猛男掐飞。快刀果然凶猛，咬住猛男就不松口，一会儿就把猛男的腿咬破了，鲜血直滴。两个裁判上去撬快刀的嘴，硬是把快刀的嘴撬开了。

斗狗场有四个男人，两个人各持一条狗，唆使两条狗互咬，他们不断喊：好，咬住，不要撒嘴，甩，咬死它！许多观众也在喊：加油，咬死它！另外两个人是裁判。

狗交锋时如同人交手，都是立起身来，猛地向对方扑咬。狗咬狗与人类的拳击运动有些相似，不同的是，人用拳头互相击打，狗是用嘴咬。人类就是这样，让同类互相击打犹嫌不够，还唆使狗类厮咬。这说明人性深处还潜藏着一些恶的东西，平时发泄不出来，就用其他动物替他们发泄。斗狗场的地上铺有灰色化纤地毯，不一会儿，地上就洒了好多狗血。

另一块场地，两条身高马大的狼狗在交配。交配前，地上铺了一块红地毯，让母狗站在地毯中央，像是在举行一个什么仪式。交配开始后，地毯就撤下了。两条狗也不再向着同一个方向，而是屁股对着屁股。它们显得很平静，好像一切都身不由己，只能听凭自然的安排。

2003 年 2 月 14 日　星期五　阴
（农历正月十四）

妻子打来电话，说她看见报纸上的报道，由我的中篇小说《神木》改成的电影《盲井》，拿到德国第五十三届柏林电影艺术节参加比赛去了。同时参赛的还有张艺谋的《英雄》。《英雄》我看过了，太重形式，过于铺张。主题是颂扬皇权的，也不好！报道说，《盲井》和《英雄》有一拼。我当然希望《盲井》能获奖。

《盲井》是李杨执导的第一部电影作品，他没有经过国家电影局批准，等于拍的是地下电影。为拍这部电影，李杨克服了重重困难，付出了许多辛劳。我利用职务之便，为他拍摄影片联系了好几个煤矿。也可以说，如果不是我从中帮忙，这部电影李杨很难拍成。电影拍摄期间，李杨曾邀我去现场看看，我没去。电影全部完成之后，我还没有看过。《神木》曾获得第二届老舍文学奖，还得过《十月》文学奖，在文学界有一些影响。我想象不出，李杨会把小说中的故事拍成什么样子。

母亲现在每天都要吃长效镇痛药奇曼丁，每次吃一片，一天吃两次，一片管十二个小时。前段时间，母亲吃这个药效果不错，吃了药就不疼了。今天早上，母亲说药不管用了，疼得她半夜没睡好觉。我和弟弟商量，只好托关系、找朋友，买来一些镇痛的针剂为母亲注射。

我有一个远门的婶子叫陈美荣，她得的是食道癌，不能进食，干瘦干瘦，没有了人形，皮贴在骨头上，像骷髅。儿子打工回来，问娘哩？娘在里间屋。儿子进去一看，娘像鬼一样，吓得儿子叫了一声，就躲了出去。

2003 年 2 月 15 日　星期六　晴
（农历正月十五）

今天是元宵节。节前，我和弟弟、侄女去了一趟鲜花市场，我买了两朵硕大的、盛开的菊花。开封的菊花全国闻名，每年秋天，开封都会举办菊花展会。这两朵菊花是为母亲买的，母亲拿着菊花，侄女为母亲照了相。

母亲的病在迅速恶化，说疼啊疼啊！打一针镇痛剂都不起作用了，一次打两针才能把疼痛镇住。

节日再度掀起高潮，外面的鞭炮响成一片，烟花的斑斓色彩透过玻璃映进屋里。别人家都在庆贺节日，母亲却备受病魔折磨。我把煮好的元宵端到母亲床前，母亲勉强吃了一个，就不想再吃了。我劝母亲再吃一个吧，母亲才又吃了一个。

母亲向我提了一个问题：咱不去医院住院了

吗？ 母亲提这样的问题，说明还保持着求生的欲望，希望能像上次住院一样动手术。 母亲不止一次说过，她知道人人都得死，她死了也没啥，只是她的孩子一个比一个好，她怎么舍得下她的孩子哩！ 我只得再次跟母亲说，在家里请大夫治跟去医院治疗是一样的。

母亲又提了一个问题，说天天吃药打针，病不见好，为啥还越来越厉害呢？

这个问题我该怎么回答呢？ 我想了想才说：可能因为您老了吧。

听了我的回答，母亲长出了一口气，好像终于明白了，说：噢，我是老了，不沾弦了！

2003 年 2 月 16 日　星期日　阴

（农历正月十六）

夜里 3 点，母亲喊我，说她疼得解不出小便，让我喊王燕起来帮她看看。 我知道，那不是表面疼，而是隐藏在盆腔里面的肿瘤在作怪。 肿瘤不是一个，是一群。它们都很活跃，在不断抢地盘，疯狂进行扩张，侵蚀母亲的肌体。母亲说她不光大腿根子疼，腿肚子和脚后跟也疼。我扶母亲在便盆上解了小手，让她服了止疼药和两片安定，又倒热水给她洗了脚，停了一会儿，母亲才睡着了。

给母亲买的两朵菊花虽养在水里，还是枯萎下来，条状的花瓣掉落在茶儿的几面上。

女儿刘畅打来电话，说在德国参赛的《盲井》获得了第五十三届柏林电影艺术节最佳艺术贡献银熊奖。是导演李杨从柏林打电话到我家，我儿子刘家芳接了电话，把消息告诉女儿，女儿又打电话告诉我。我问女儿，《英雄》获奖没有？女儿说，没听说，好像没有，要是获了奖，早就炒作开了。

这对李杨来说，是一个大好事儿。他第一次执导电影，就一炮打响，捧得银熊，值得祝贺！

我也很高兴，电影毕竟是根据我的小说改编的。当时李杨找我谈购买小说的改编权时，我俩在一家小酒馆喝了一点小酒。李杨说他在德国学导演，还是学生，手里没多少钱。我对李杨不是很看好，只象征性地收了他一万元的改编权转让费，心说就让他拍着玩吧。没想到他还真拍成了，并获得了国际奖项。

我打电话把消息告诉妻子。妻子买了一辆小轿车，正开着车带着两个朋友往郊区密云去。妻子不能接电话，是别人替她接的。我说《盲井》得了银熊奖。接电话的人把银熊奖听成了英雄奖，向妻子转告。一句话说不清，我说算了，回头再说吧。

2003年2月17日　星期一　多云
（农历正月十七）

元宵节后，学校开学了。一大早我出去跑步，见小学生排着队也在金明广场跑步。他们喊口令是轮流喊，这个小学生喊几声，换一个小学生再喊几声。他们不是用普通话喊，是用开封话喊，加上是童声，听起来挺逗乐的。

公园的草地在浇返青水，挺粗的水管子在突突往外冒水，草地里浇得水汪汪的，连便道上都溢了水。开封紧靠黄河，据说黄河的底部比开封的城门楼子还要高，黄河在这里被称为悬河，开封的水资源是充足的。

弟弟的朋友曾建议我写写开封，我一直找不到切入点，不知从哪里写起。以后有机会，可以写写开封的水。

母亲的病情越来越重，睡觉前她问我：咋办哩？我觉得我过不去这一夜。

我说不会的，多少大江大河您都过了，没有您过不去的坎儿。我问母亲：您现在睡着后还做梦吗？

母亲说做，她做过好几次梦，都梦见自己死了，死得透透的。听见我们一哭，她又醒了过来，原来还没死。母亲安排说，等她死了，要我们都别哭，听见我们哭，她该心疼了。

我的鼻子酸了一下，没敢再说话。

2003年2月18日　星期二　浓雾

（农历正月十八）

浓雾笼罩，能见度大约只有两三米。雾浓得仿佛有了硬度，阻挡了我跑步，限制了跑步的速度。浓雾好像有一种纠缠的力量，你跑到哪里，它就纠缠到哪里。它不光是跟在你身后，而是布置了很多伙伴，在前面一路拦着你，不管你走哪条路，都有浓雾在那里等你。雾里水汽很重，若在天上，应该是云。一时间我产生了错觉，以为自己学会了驾云。

吃早饭时，母亲突然喘起来，还咳嗽，摆着手不想吃饭。母亲坐也不是，躺也不是，说不能活了，回家吧，要死死在家里。

2003年2月19日　星期三　晴
（农历正月十九）

不想记日记了，面对病重的母亲，写日记似乎有些无聊。

原计划2月22日送母亲回老家刘楼，看来等不及了。刁娟霞大夫看过母亲的病情，建议我们今天下午就送母亲回去。

我给二姐打电话，说母亲情况不太好，下午就送母亲回去。我哽咽得说不成话，眼泪哗哗地流在脸上。

我以为自己的悲痛消耗得差不多了，看来悲痛都积攒起来了，光想痛哭。

下午，由弟弟单位的办公室主任朱志强驾车，我和弟弟护送母亲回刘楼。从开封到我们家有三百里路，开车要走三四个小时。我和弟弟把母亲扶下楼，扶上汽车，母亲的身体在颤抖。母亲的头脑还是清醒的，下楼时，她从床里侧拿出一只丝袜的袜筒子交给我，让我收起来。我知道，那个带有伸缩性的袜筒子里盛的是钱，袜筒子是母亲的钱包。平时我给母亲寄钱，母亲舍不得花，让大姐夫帮她存起来。她留下一些零钱，就装进袜筒子里。袜筒子里大约有几百块钱，母亲把钱交给我，意思是这些钱她用不着了。

一路上，母亲脸色发黄，十分痛苦。母亲一再问我，还没到家吗？我说快了，您闭上眼睡一会儿吧，等快到家的时候，我再叫醒您。我和母亲坐在轿车的后排座上，我让母亲躺下，头枕在我腿上。弟弟为母亲带了一罐子氧气，我打开氧气罐的开关，让母亲吸了一会儿氧气，母亲平静下来，闭上了眼睛。

汽车在飞驰，豫东大地的麦苗已开始返青。我意识到，母亲留给我们的时间已经不多了。在我的亲人当中，我已经先后送走了父亲、祖父，还有我的小弟弟，现在该送母亲了。我还意识到，我自己也已是年过半百的人，不知道在这个世界上还能存在多久。生是偶然，死是必然，人最终都是一场悲剧，人的一生都是为悲剧准备的。

坐了几个钟头的车，到家时太阳西沉，母亲的神志已不太清醒。因我们家住的那条村街过窄，两边又堆放了不少杂物，汽车开不到我家门口，只能在街口停下来。母亲不能行走，只能由身强力壮的弟弟从车上抱下母亲，托抱着母亲往家里走。

让我想不到的是，当弟弟从车上把母亲抱下来时，母亲竟喊叫起来。母亲像是拼尽最后的力气，喊的声音很大，几乎把我吓了一跳。我很快理解了母亲，她不是因身体的疼痛而喊，而是通过呼喊告诉村里人，她回来了，希望村里人都来看望她。

2003年2月20日　星期四　晴

（农历正月二十）

昨天傍晚回到家，见家里的房子仍在施工

中，门还没有做好，窗子还没有安装玻璃，门前用钢管子搭的脚手架也没有拆除。屋子里的墙粉刷过了，外墙尚未粉刷，施工的民工正站在脚手架上粉刷外墙。水泥地板湿漉漉的，墙上挂着水珠，屋里湿气很大。

大姐、二姐和妹妹都在家里等母亲，可母亲好像已认不出她们。她们满眼泪水，但都压抑着自己，不敢在母亲面前哭。她们到屋子外面，才让眼泪流出来。

我的眼泪无声涌流。

乡亲们陆续来看母亲，东间屋里站满了人。他们喊母亲，问母亲还认识不认识他们。母亲有的认识，有的不认识。

几个堂弟和弟妹也都过来了，我让他们弄来一个煤火炉子，在屋里升起煤火，驱赶一下屋子里的湿气和寒气。

2003年2月21日　星期五　阴

（农历正月二十一）

下起了小雨，有斑鸠在雨中叫，听来像远古的声音。

村里的干部和几个堂叔、堂婶子再次来到我们家，帮助安排母亲的后事。有一个堂叔叫刘本孝，他识字，是我读小学的第一个老师。他曾一再对母亲承诺，等母亲百年之后，后事由他操办。然而，几年前他就因为浇水遭到电击，先我母亲离去。

被母亲称为“大堂屋”的棺材，几年前就做好了，一直在西间屋里放着，所用木材是母亲自己挑选的红松。母亲说，她喜欢闻红松的香味。母亲还说过，她不用柏木做棺材，因为柏木太沉了，免得到时候压着抬棺材的人。

我们请邻村张庄寨诊所的医生给母亲打止疼针，输营养液。母亲呕吐，吐的都是绿汤子。

医生说，母亲的身体不再接受营养液，建议不要输了。

母亲不愿躺在床上，愿意坐着。坐着她又没有坐的力气，她的三个闺女轮流坐在床上抱着母亲，在母亲后面用自己的身体支撑着母亲的身体，体贴着母亲的身体，温暖着母亲的身体。

2003年2月22日　星期六　雾

（农历正月二十二）

母亲事先有安排，她的寿衣由三个闺女负责。大姐告诉我，寿衣都做好了，有单有棉好几层，都是新布新棉花。

今天在西间屋为母亲做送终的被褥，褥子是黄色，被子是白色，说是铺金盖银。还在村里找了一个小姑娘，为母亲做送终的绣花鞋。对小姑娘要求的三个条件是：必须是未满十六岁的童女；父母必须双全；还要有哥哥或弟弟，为儿女双全。这样的小姑娘找来了一个。小姑娘没做过针线活，更没有做过送老鞋，显得十分紧张，拿针的手乱抖。一些有经验的婶子手把手地教她，她用了整整一天，才把一双鞋做好了。

大姐把做好的鞋拿给母亲看。鞋是紫布面、金团花，鞋一侧绣了花朵和蜜蜂。母亲对鞋表示满意，说中，怪好看。

都说母亲记性好，把每一个孩子的生日都记得清清楚楚。而村里别的妇女，大都记不住自己孩子的生日。有一个堂哥问他娘，他是哪一天生日。他娘哈哈一笑，说你问我这个，我可记不住，我只记得，生下你没几天就开始割麦。有一个堂弟问他娘，他的生日是哪一天。他娘说不出是哪一天，说的是下雨打芝麻叶那天。下雨打芝麻叶，这算什么生日，难道他是一片芝麻叶吗?！堂弟很不满意。后来办身份证，必须填写具体生日，他只好胡编了一个。

好多农村妇女都是这样，因为不识字，那时生孩子又多，没法儿记住孩子的生日。她们没有时间和数字概念，只有自然现象的概念。或者说她们只有具象的概念，没有抽象的概念。

还有的当娘的，是从别人家找参照。孩子向娘问生日，娘说，谁谁和你是同一天生的，你去问问他就知道了。

有一个堂婶子，丈夫还是村里的干部，她就记不住自己儿子的生日。因她儿子和我弟弟的生日接近，她就去问我母亲，是我母亲帮她说出了她儿子的生日。

从这一点可以看出，我的母亲是一位聪明的母亲。

2003 年 2 月 23 日　星期日　晴

（农历正月二十三）

刘庄店的党委书记王德模、镇长刘昌良等人来家里看望母亲。说起来，他们都在《小说月报》上读过我的小说。

今天，妻子姚卫平带着我们的一双儿女刘家芳和刘畅，从北京回来看望母亲。弟妹王燕带着侄女刘佳佳，从开封回来看望母亲。母亲的两个孙女和一个孙子，他们小时候，母亲都帮着照看过。我们弟兄两个，母亲却只有一个孙子。由于传统观念的作用，母亲对她的孙子格外重视，在开封治病时，母亲曾对我说过，她老的时候能不能让她看看她的孙子。我说没有一点问题。

我让母亲的孙子和孙女三人站在母亲床前头，一替一个上前喊奶奶，跟奶奶说话。母亲一看见他们，眼睛发亮，精神好了许多，一一叫出了他们的名字。孙子一叫奶奶，就带了哭腔，流出了眼泪。奶奶又看到了孙子，好像达到了最终目的，也流了眼泪。

2003 年 2 月 24 日　星期一　晴

（农历正月二十四）

这几天家里人来人往，听来的故事太多、太杂，都来不及记了。

有一件事情的经过比较激烈，让人难忘。耿

庄的支书叫耿玉欣，扬言要把村里能睡的女人都睡一遍。他经常喝酒，喝了酒，就去找女人。有的女人的丈夫外出打工，耿玉欣叫门，人家不开，耿玉欣能把人家的门踢烂。有的女人不同意就范，他说：你敢，不同意我捅死你！他向人家收钱，人家答应得有一点不痛快，他一铁锨劈过去，把人家的头皮劈掉一块。庄里有一个人，对耿玉欣的行为很看不惯，他有两个儿子在上海开大货车，跑运输，挣有一些钱。他悄悄动员村里的一些人，联合起来告耿玉欣，结果告赢了，法院把耿玉欣判了一年半徒刑。

耿玉欣刑满释放回村后，一心想报复杀人。这天他喝了酒，准备实施他的杀人计划。他的二儿媳阻拦他，劝他不要杀人，他扫脸一巴掌，就把二儿媳的脸打肿了。耿玉欣弟兄三个，一人怀揣一把杀猪刀，去找那个起头告状的人。那人正在地里放羊，耿玉欣弟兄之一走过去，给那人递上去一根烟。那人把烟接下了，见耿玉欣往怀里掏，就以为他在掏点烟的火，再一看，耿玉欣掏出的是一把刀。那人见大事不好，欲跑，耿的两兄弟分别拽住他的一只胳膊，拽得死死的，为耿玉欣捅刀子创造条件。不料事到临头，杀人者耿玉欣竟胆怯了，手抖刀也抖，刀子捅不进去。他跺了一下脚，骂了一句人，才把刀子捅了进去。没把刀子拔出来，他们就撒丫子跑了。

下午，弟弟回开封安排一下工作，王燕、刘畅、佳佳也跟车回去了。

2003 年 2 月 25 日　星期二　晴

（农历正月二十五）

母亲处于迷幻状态，说话不再正常。她一会儿说失火了，一会儿说墙上有猪有羊，一会儿说麦蛾子乱飞，东一句，西一句，很不连贯。有一次，母亲还指着床上方的墙角对我说，我父亲来了，要接她走。

有一个堂姐，她听说母亲病重了，来看母亲。堂姐说话声音大，她一说话，满院子都是她的声音。她有时会把声音突然变小，小得像是耳语，几乎听不见。她说她的婆婆跟村里一个人好，被婆婆的儿子知道了。有一回，儿子把正好着的两个人逮住了，把那个男人和他娘都打了一顿。他娘觉得没脸见人，自杀了。儿子讹了那个男人，让人家赔钱。人家要是不赔钱，他就把娘的尸体拉到那个男人家里去。他用人家赔的钱，给娘买了一口薄棺材，还买了一辆摩托车。有了摩托车，他今天骑到这儿，明天骑到那儿，成天不着家。

2003 年 2 月 26 日　星期三　雨

（农历正月二十六）

天气阴沉，下起了小雨。院子里的石榴树还没发芽，枝条上挂着一串串水珠。

我家没柴火了，住在我家前面的堂弟媳妇马欢，把她家的干玉米秆子抱来了两捆，以解我家无柴之急。

大姐和二姐都说马欢不错，人实在。二姐还说，现在烧的是不缺了，麦秸、玉米秆扔得到处都是。以前可不行，不光锅上缺吃的，锅底还缺烧的。割完麦，顶着毒太阳下地砍麦茬；收完豆子，用镰一根一根砍豆茬，收拾得天干地净，连一个草毛缨子都难找。秋天来了，从树上落下第一片树叶起，母亲每天都早早起床，去外面的树下用筢子搂树叶。把地面的树叶搂得干干净净不算完，还把落在水里的湿树叶也用筢子搂上来。有一年冬天，二姐下地拾柴火，她沿着河堤走了一大圈，只看见几片干河蚌碴子，哪里有一根能点火做饭的东西呢！回家时，看见队里的饲养室在扒房子。房顶上苫的是麦草，麦草从房顶推下来时，不管收拾得多干净，总会剩下一些碎草末子。二姐就站在饲养室外面的一个大粪窑子边上，等人家把房子扒完，她去拾草末子。在她等的时候，又来了几个小闺女，都等着拾草末子。结果怎么样，等房子扒完，队长来了，队长说，草末子谁都不能拾，要连土弄到粪窑子沤粪。

二姐讲到这些往事时，正坐在床上抱着母亲。不知母亲还能不能听见我们说话，她垂着头，像局外人一样，一言不发。

2003 年 2 月 27 日　星期四　阴

（农历正月二十七）

我让大姐夫把母亲存在他那里的钱取出来，准备为母亲办后事用。

弟弟从开封赶回，认为我们院子里应该有竹子。他拿一把铁锨，到村西一家种有竹子的堂叔家，连根刨起一棵竹子，移栽到我家院子里的西墙里侧。

自从我母亲回到家，我的几个近门的堂弟和弟媳天天到我们家看望母亲，表现都不错。我先后为刘庆三、刘庆广、刘庆伟等五个堂弟和一个侄子在煤矿安排过工作，他们干得都不太理想，没干出什么名堂。特别是那个侄子，我通过在矿上当书记的朋友为他安排好工作后，他只到井口看了一会儿罐笼上下运行，就吓得腿肚子发抖，一次井都没下，就回家去了。我本来指望他们能当个队长或副矿长什么的，结果他们什么都没当上。

我和弟弟替他们分析总结，之所以没干出名堂，原因有多种，最主要的原因，是他们缺乏远大的志向。鸟无志向飞不远，树无志向长不高。人无志向只能平庸一辈子。

2003年2月28日　星期五　多云

（农历正月二十八）

新建的房子接近完工，门安上了，窗玻璃装上了，外墙粉刷好了，脚手架已拆除。有个做工的人，我看着有些面熟，问起来，他家是邻村张庄寨的，是我小学同学。因我一直没认出他来，他也没好意思对我说明。一晃几十年过去，岁月在脸上留痕，哪里还有当年的模样！

我家院子的东南角，用矮矮的花墙圈出一个

小花园，那棵由我祖父栽下的石榴树也圈在里面。院子里的地面，全部用红砖铺过，显得平整而又干净。退后朝门口观望，高门大窗，廊厦宽敞，比原来的拱脊房子漂亮多了。

弟弟提了一个建议，应该让母亲出来看看我们的新房。

这个建议好！新房在很大程度上是为母亲翻盖的，的确应该让母亲验收一下。

母亲坐在一只藤椅上，我们几个人抬着藤椅，把母亲从屋里抬了出来。大姐、二姐指着新房子，一齐对母亲说：娘，娘，这是咱新翻盖的房子，好看吗？

母亲望着新房，一点高兴的表示都没有，神情迷惘得很。母亲说话了，母亲说的是：不是……

不是什么呢？不是原来的房子，还是对新房子不认可呢？我对母亲说：娘，房子还是盖在老地方，由瓦房盖成了平房，这样的房子结实得很，一百年都不会坏，您能认出这是咱们的房子吗？ 母亲朝房子又看了一眼，说的还是“不是”。

我判断，母亲的脑子已经糊涂，失去了对事物的辨别和判断能力。

2003 年 3 月 1 日　星期六　阴

（农历正月二十九）

半夜里，坐在母亲身后抱着母亲的大姐，觉出母亲呼吸微弱，还有呼吸间断的情况，说母亲可能不行了。 我们赶紧起来，趁母亲的呼吸还没有完全停止，闺女们为母亲换上了寿衣。

我们那里祖祖辈辈传下来的规矩，人老了，不能在里间屋断气，要是在里间屋断气，人的魂会恋家，老在家里徘徊。 必须在断气之前，把人抬到堂屋当门，并开着门，给人的魂灵创造大路朝天和升天的条件。 给母亲穿好寿衣后，我们把放在屋当门的一领秫秆箔放倒，铺好被褥，让母亲头朝外躺到秫秆箔上去了。

母亲闭着双眼，呼吸急促，脸色蜡黄，还有些浮肿，处于昏迷状态。但母亲的一口气还存在着，好像对她的孩子们仍有些不舍。我跪在母亲头边告慰母亲，说我们兄弟姐妹过得都很好，让母亲只管放心。

母亲的生命力是顽强的，五六个钟头过去，母亲并没有离开我们。

我做主又把母亲抬回东间屋的大床上，继续伺候母亲。

2003年3月2日　星期日　雨

（农历正月三十）

为母亲办后事的孝布、公鸡、生麻、麻秆等，都准备好了。

天下起了小雨，我们还请人在院子里搭起了一个帘子布篷。搭篷子的人是从外村请来的，他们很有经验，把篷子搭得很大，几乎把整个院子都罩住了。

然而，我们的母亲又缓了过来。早上，我把饭碗端到母亲嘴边，喂母亲红薯稀饭，母亲把一碗红薯稀饭都喝了下去。母亲的头脑也清醒了，又开始跟我说话。母亲说我伺候她伺候得好，疼我真是疼值了，母亲问我，还愿意伺候她吗？我说当然愿意。母亲还说，让我回北京的时候给她留点钱，一个大活人，手里没点钱可不中。

儿子身上起疙瘩，越起越多，不知是什么原因，可能是水土不服造成的。妻子把儿子送回了北京。

2003 年 3 月 3 日　星期一　阴

（农历二月初一）

冷空气袭来，刮起了大风，院子里的帘子布篷被大风鼓荡，哗哗作响。

母亲的病情再度恶化，昏迷不醒，不吃不喝。

2003年3月4日　星期二　雪

（农历二月初二）

二月二，龙抬头。是说到了二月二，由龙治水，以后就不下雪了，下雨。可今年的天气有些反常，就在农历二月二的当天傍晚，天没有下雨，却下起雪来。雪下得还不小，桃花朵子一样的大雪下得扑扑闪闪，铺天盖地，不一会儿，门楼白了，房顶白了，柴草垛白了，树木白了，地面白了，一切的一切，全白了。

入夜，我和大姐刘庆芳、二姐刘庆灵、妹妹刘艳灵、弟弟刘庆喜守护着母亲。室内燃着煤火，屋外大雪纷飞。母亲深度昏迷，危在旦夕。我说：母亲的五个孩子今晚都在母亲跟前，而且只有我们兄弟姐妹五人在母亲跟前，这种情况跟我们小时候一样。

兄弟姐妹们互相看了看，眼里都涌满了泪水。

大雪落在院子里的帘子布篷上，越落越多，越积越厚，篷子大概不堪重负，竟倒塌下来。当篷子轰然倒下时，我们心里一沉，生出一种不祥的预感。

2003 年 3 月 5 日　星期三　雪

（农历二月初三）

大雪。无风。

今日凌晨零点二十分，我们的母亲，永远离开了我们。

母亲的名字叫张明兰。

2017 年 2 月 19 日至 3 月 17 日

改就于北京小黄庄

5月31日（农历4月28），星期三，晴。

听说我回去，国亮已经有些低烧，发热让人伺候她，一夜没睡着觉。护士说化疗完一个周期就回去。我向她解释，[illegible]帮不上心事。早上出去吃的豆腐脑和油条。

开往小巷里去小吃的机会，要花八元。

上午挂了一瓶吊针就打完了，雇了一辆人力三轮车回到苹果园租房处。从医院到苹果园4元钱。车夫累得汗都出来了。我向车夫道辛苦，车夫说：这就是，为了挣钱不知什么出力。

6月1日（农历4月29），星期四，晴、热。

昨天专门把床旁边的折叠床拉到院里，今天到医院一看，已经没了。看起来小偷很多。

二姐一早打电话，询问国亮病情。

国亮耐不住孤独和寂寞，又和人说话着急。病房又换了一个女人，大约是当时化疗，瘦，黄，不爱说话。国亮说她连个好字也不知，意思是那个老太太对人哪儿哪儿都不好，不知，连名人都不知。我劝国亮对人要宽容。国亮说，她自己吃饭行了到外边吃，一边吃一边跟人家说话。

刘新路传来的消息说[illegible]去了，[illegible]。一个[illegible]，[illegible]，[illegible]，[illegible]。[illegible]。[illegible]，[illegible]。

备忘录

日期 / /

[illegible]，[illegible]。

[illegible]，[illegible]，[illegible]。

[illegible]。

[illegible]，[illegible]，[illegible]。[illegible]，[illegible]。[illegible]，[illegible]，[illegible]。[illegible]，[illegible]。

[illegible]。

[illegible]。

[illegible]，[illegible]，[illegible]。

人生[illegible]！

6月20日（农历[illegible]），星期六，阴，雨意很浓

昨日[illegible]请我去[illegible]吃野味，野鸡、野鸭、野[illegible]和各种野菜。喝的有白酒，酒是本地产的[illegible]酒。参加的还有高树田、孙富山、瑞亭、胡[illegible]。

晚上，高树山、王[illegible]请我们去[illegible]夜市吃小吃。之后，又带我们去歌厅唱歌、跳舞。

[illegible]来陪[illegible]回家。

[illegible]回家

在吃小吃期间，有八个[illegible]小女孩[illegible]

记事

日期

天气

提示

往回走时，见一个胖胖的、穿皮衣的半大男孩，一步三摇，一路从口袋里掏出小炮来，用打火机就在眼前点燃，随即扔到地上。小炮冒着黄烟、绿荧荧的光，在地上打了一个旋，噗的响了一下。我看小男孩是个智力障碍的人，问他放的是什么炮。他说是转着飞。问谁给他钱买炮。他说爷爷、爸爸也给。一个老头儿走来了，是他爷爷。我说他玩得很快乐。他说，差不多吧！

2月4日，有雪

今日立春，立了春，就进入春天了。人说一年之季在于春，意思是指从时间上开始部分。今年的春天的开始用来伺候病人，别的什么都顾不上了。

任何悲痛都经不起长期消耗，都会消耗尽。伺候危重病人，就如同把悲痛分成段，或拉长，或拉细，一段一段来消耗。时间长了，悲痛就消耗得差不多了，就不可能有大悲大痛。

春节期间，金凤广场这里的多是卖风筝的。放风筝的倒不是很多。卖风筝的半夜就把车占地方。我早上起来去跑步，见一些占地方的在街边扎堆聊天，他们说话声音很大，

日期　　.　　.

天气

提示

2月10，阴，阵雪

昨夜北风紧，雪也下得大。早起去院子，一出门雪到脚脖时，心想雪这么深。往别处一看，有地方地面已裸露的。原来大风把雪吹到了背风的地方。哪里风大哪里无雪。哪里背风，哪里就积聚了很多雪。看来雪也怕风的。

母亲说，她听姥爷说，他们那里人到别处吃舍饭，因天寒地冷，人愿意背被子，不愿意背碗。被子可以取暖，碗太凉。大雪到大腿根深，人只好在雪地里爬，雪把人的眼睛都糊住了。那些舍饭的人用树枝把饭盖外面的雪捅一个洞，往外看，见有人来吃舍饭。舍饭没吃成，把人冻死了，饿死了。搭的庵子，被雪埋住了。姥爷是做舍饭的人之一。

刘秀兰爱粮仓，好几年的麦子也都不卖。家里用水泥做成土粮仓，能装几千上万斤粮食。每年把粮食拉出来晒。她小时候很饿怕了。粮食在家里放着，心里觉得踏实。她儿子在外给人开小车，盖了一个四孔窑的。她有一次去赶集，被人挤了脚，挤倒，差点压死了。

看见了。这时问我可以去那里旅游。那人像是太阳深度烧伤留下的伤疤。

中国的文字都是象形字，都是从自然中来的，我们使用时，也要顺其自然，使它回归自然。如果反自然，就违背了我们的文字。商代就有了甲骨文，商代据今已有三千至四千年历史。商代有二十几位皇帝，首都在安阳。发掘出大量甲骨片的地方，是一个小屯子。它有象形的画，然后变成了文字。

2月12日，晴

早上，楼下的又开始出摊了。小鼓风机把炉火吹得旺旺的。一个男的还打了一张长长的煎饼，告诉人们，小吃摊又开张了。楼下的还有一个孩子，十来岁的样子。孩子肯定是不上学了。

舒子来电话，说北京的纪念[illegible]双[illegible]会2月13日召开，问我能否回去参加会。会我是参加不成了。这样的会，不参加也好。若有让我讲话，还真不知道说些什么。作家的纪念是什么？当然是作家的最高追求。着眼在文化作品上，也是功善的，对本人[illegible]的。双[illegible]就是这

日期　　·　　·

天气

提示

小说叫《红》，写的是已元宵节故花灯的事。另外《小说月报》第二期结束，正好在元宵期间，很好看。给人欣慰。

母亲的病在迅速恶化，疼得厉害。打一针吗啡多都不起作用了，想在要打两支试一试。

外面的鞭炮响成一片，别人家都在庆贺节日。母亲却在床上煎熬时间。癌真是一个可怕的东西，它潜伏在人的身体内，在一点点吞食人的身体，以为你知道它的存在，却对它没有任何的办法，只能眼睁睁看它在一点一点扩张，直到把人的身体都吞噬，都吃光。母亲的病正处于癌变疯狂扩张的晚期。我们眼睁睁的看着母亲一天天的痛苦，恨不能一把将癌瘤抓出来。可是，我们无能为力。连医生也无能为力。每个人最后都会生病，这是谁也不能加以避免的。如同每个人都要死，都要生病是一样，每个人都会生病，不生这样的病，就生那样的病。无疾而终的情况是不存在的。

2月16日，雾

夜里三点，母亲疼得非常厉害，说小便处疼得撑不

日期　　.　　.

天气

提示

不行，拉线的碎片也那么深，把我的眼睛拉得翻白着，十分吓人。

看样子村里也有一些小孩和妇女，还有一些老太太。我觉得女人、小孩和老人不适合看这个，可能太残忍了。

常也工新后人叫好，好着吧，好着吧！

2月17日，晴

元宵节后，小学生开学了。一大早，小学生排着队在食堂广场绕圈。他们喊号令是旋绕喊，这个小学生喊几声，接着一个小学生再喊几声。他们用开封方言土语高喊，加上是童声，听来有些可笑。

公园的草地在流水，看来这里不缺水，草地里流得水汪汪的，连便道上都积了水。

母亲说，婶子小时捡麦子时，捡个坷垃儿，捡个黄豆，都打嘴里吃了。婶子是好大胡坷垃儿。她患住瓜子、玉米粒，也就打在嘴里。

母亲病情日益加重。她问我，咋办呢？说，我觉着过不去这一夜。又怕一晚着睡过去。母亲既急又不行

附录

后事

（短篇小说）

初秋，菜园的菜叶儿上最容易生虫子。虫子们为了储蓄能量，繁衍后代，抓紧最后的时机，在不分昼夜地进食。这样一来，菜叶儿常常被虫子咬得花花搭搭，布满洞眼。人们把虫子捉一捉，或者往菜叶儿上喷洒一些农药，菜叶儿被虫子蚕食的情况会有所缓解。但过不了多久，一遇到合适的气候，虫子们会卷土重来，对菜叶儿进行更加疯狂的掠夺。结果往往是，菜叶儿上只剩下一些筋筋拉拉网状的东西，直至枯败。

我有时瞎想，人的身体好像也会生

虫子，生病就是生虫子。只不过，菜叶儿上的虫子是从外部来的，而身体里的虫子是从内部分化出来的，是背叛性的。那些带有毒素的细胞，就是人体内滋生出的虫子。菜叶儿上的虫子在明处，身体上的虫子在暗处，在堡垒内部。也因此，人体内的虫子破坏性更大，也更可恶。

在母亲病重期间，我仿佛看见一群恶毒的毒瘤，露出毒牙，正向我瘦弱的母亲发起攻击。毒瘤如毒虫一样折磨着我的母亲，把我心疼得要命。我对毒瘤恨得咬牙切齿，可我一点办法都没有。母亲的痛苦，让我知道了病的厉害。每个人一生的敌人不是别的，都是自己身上的病，最终都得被病所打败。母亲的病情不可逆转，我只有问母亲想吃点什么，千方百计做点好吃的，给母亲的身体增加一些营养。我这样做正中了毒瘤的下怀，在毒瘤已经占据统治地位的情况下，营养差不多都被它们抢去了，其结果是，它们一天天发展壮大，母亲的身体却每况愈下。母亲有时显得很着急，说天天吃药、打针，病怎么就治不好呢，怎么越治越重了呢？我一直小心翼翼地瞒着母亲，没有说明她身体里长的是癌。我对别的汉字都很喜欢，只对这个字眼极其反感，仅在字面上，我就觉得它长的是一副凶险而丑恶的嘴脸。要不是为了声讨它，我一辈子都不愿写到它。我对母亲说：没什么，只是因为您老了，对病的抵抗能力不如以前了。人总是要老的，谁都躲不过老去。我对母亲提到一些有名的人物，说他们的医疗条件是最好的，可他们最终也得老。听了我的话，母亲终于恍然大悟似的，长长噢了一声，说明白了，她都快八十了，可不是老了嘛。

我们那里说健康不说健康，说扎实。问：谁谁还扎实吧？答：扎实着哩。我们那里说一个上年纪的人死了，也不说死了，说老了。母亲把死和老联系起来，说该死就死吧，死了就干净了。母亲这么说，好像把死的事情想通了，把一切都放下了。可母亲又说：我死了没啥，我怎么舍得下我的几个孩子呢！母亲说着，眼圈就湿了。听母亲的话意，她对死还是不甘心，还想继续留在人世上。

有一段时间，妻子代替我在开封伺候卧床的母亲。到了夜晚，母亲披衣在床上坐着，不愿躺下睡觉。妻子问起来，母亲说她担心一躺下，一睡着，就再也醒不过来。要是那样的话，她就再也见不到她的大儿子了。我放下手头的事情，从北京匆匆赶到开封母亲身边，母亲夜里才躺下睡觉。不管是坐着，还是躺下，母亲都睡不踏实。睡觉也是一种能力，病痛的煎熬已经使母亲失去了睡觉的能力。但母亲的思维能力还保持着。既然母亲睡不着觉，她脑子里一定会想些什么。我不知道她想的是什么，只知道她的心情是矛盾的。她先是对我们兄弟姐妹说：等我死了，你们谁都不要哭，听见你们哭，我心疼。母亲这样说，显然是想到了她的后事。对于母亲这样的交代，我们都不好说什么，只有保持沉默。在心里，我们已经开始哭。有一天，母亲又对我和二姐说：要死就早点死吧，死得晚了，到时候你大姐就哭不动了。母亲前面说的是不让我们哭，现在又说担心大姐年龄大了哭不动，这就出现了矛盾。我和二姐不愿跟母亲讨论关于死的问题，只希望母亲活着，多活一年是一年，多活一天是一天。不能因为趁着大姐还哭得动，母亲就得提前死，我们不能接受这样的逻辑。于是二姐说：哭不动，就不哭。母亲没有再说什么。

母亲很重视人的后事，对后事的一系列程序也很熟悉。听大姐说，在黄河的花园口被扒开的那一年，我们的母亲才十三四岁，就带着她的弟弟，也就是我们的五舅，为她的父亲办过后事。后来我们村里死了人，也多是请母亲帮着办理后事。母亲不用跑腿，也不用动手。办后事的人家在西间屋放了椅子，母亲往椅子上一坐，只动动脑筋、动动嘴就行了。母亲的神情是严肃的，也是镇定的。屋里屋外白影憧憧，人们遇到什么事情都向母亲请示。母亲三言两语，就把事情安排得一清二楚。母亲像战场上一位运筹帷幄的大将军一样，是真正的有条不紊、指挥若定。村里人称赞我母亲，说别看那老太太不识字，把十个识字的人加起来，都不如老太太一个人心里盛的事多。有年龄比母亲小的人甚至跟母亲说笑话，说他得争取走在母亲前头，那样母亲就可以送送他；他要是走在母亲后头，就没有合适的人送他了。

一个人办理后事再有经验，办得再完美，也不可能为自己办理后事。后事就是身后事，就是丧事，谁的后事都得由别人办理。我有一个近门的三叔，当仁不让似的担起了责任。他叫我母亲为大嫂，主动对我母亲承诺说：大嫂你放心，等你百年之后，你的后事我来给你办，我保证办得排排场场、圆圆满满，任谁都挑不出什么，一定让你满意。母亲没有答应三叔的承诺，但也没有拒绝。在叔叔辈的人中，母亲挑不出别的人，能铺排些事情的人，恐怕只有三叔。

三叔读过几年私塾，是识文断字的人。说起来，三叔还是我的老师。我们村办小学之初，第一任老师就是三叔。三叔对教书是认真的、负责的，只是教学方法比较落伍。他沿袭的是私塾教学的那一套办法，主张让我们多背书。凡不能熟背者，不管男女同学，都要被罚跪，还要在手上打板子。在三叔桌前的硬地上，每天都跪着好几个男女同学。他们跪下后，得挺直上身，继续背书。如果还背不熟，就伸出手来，板子伺候。我还算幸运，因我背书还不错，从没有下跪过，也没有挨过三叔的板子。有的同学就不行了，几乎每天下跪，每天挨板子。我有一个堂姑，下跪几乎成了习惯，只要三叔喊到她的名字，她的膝盖就吓得有些发抖，不知不觉就要下跪。堂姑下跪多，挨板子就多，有时她的手都被打肿了。有的家长心疼孩子，向村里干部反映，说三叔打孩子打得太狠。村里干部一商量，不再让三叔当老师，换了另外一个同样是排行老三的人当老师。

那时村里识字的人不多，知道把人念成人的人没几个，每个识字的人都闲不着。三叔不当老师了，村里给他派了新的任务，到食堂当伙食长。说来跟讲笑话一样，当时在“大跃进”口号的鼓噪下，说共产主义已经实现了，村子不叫村子，叫集体农庄，各家各户都不必生火做饭，开饭的哨子一响，到食堂吃就行了。

那个阶段，我母亲不再下地干活儿，在食堂专事磨面。磨面就要罗面，罗面时面粉难免荡起来，落在母亲头上，所以母亲每天都像白头翁一样。三叔当伙食长并不是很忙，他转到磨房时，母亲就让三叔念书给她听。母亲记性很好，三叔念过的故事，母亲听一遍就记住了。回到家里，母亲就把三叔念的故事讲给我们听。我们听得津津有味，几十年过去，有些故事我至今还记得。一开始，母亲并没有给我们说她讲的故事是三叔念给她听的，我们感到奇怪，母亲怎么知道那么多故事呢！后来我们问起来，才知道故事的来源是在三叔的书里。这给了我一个启发，原来识字的人可以知道很多故事，肚子里要想多装故事，就得多识字、多读书。这个启发也是我喜欢上学的动力之一。我和弟弟读书都很用功，我们上学的年数和所读的书，都比三叔多得多。我自己不但读了很多故事，还自己动手写了不少故事。读故事是可以做到的，三叔没有想到，我还能写故事。三叔以前读故事，从来不注意故事的作者是谁。他不是故意对作者忽略不计，大概觉得书上的故事近乎天外来物，不是人能写出来的。我写的故事印成了书，让三叔吃惊不小，他由此知道，原来故事都是人编出来的，书都是人写出来的。但作为长辈，三叔从来没有夸奖过我。就是对我母亲，三叔说到我和弟弟时也留有余地。三叔的说法是“你的两个儿子起来了”。什么叫“起来了”？“起来了”算是什么样的评价呢？念过私塾的三叔的确是这么说的。接着三叔对我母亲说了两条。第一条是，我和弟弟之所以能“起来”，是因为我们家老坟地的位置好，风水好。三叔甚至说，我们家老坟地的风水把全村的风水都拔完了。第二条是，我父亲死得早，母亲把几个孩子养大极不容易，母亲是立有功德的人。鉴于此，将来一定要把母亲的后事好好办一办。三叔这样说，带有对母亲表彰的意思。但我们那里不说表彰，谁生前都不举行什么表彰仪式，一切都留待身后。表彰的意思在后事上体现出来，是盖棺论定，也是让逝者尽享哀荣。至于怎样好好办，三叔没有细说，看三叔微笑的样子，好像他已经胸有成竹。

在有的地方，一个人还活着，就拿这个人的后事说事，可能是避讳的。我们那里不避讳这个。村里人只要上了一定岁数，就开始为后事着想。这说明我们那里既重生，又重死，对后事是重视的。母亲身体还好着时，我给母亲寄了钱，母亲舍不得花，把钱攒着，准备给自己盖一间大堂屋。所谓大堂屋，就是棺材。有人建议母亲做一副柏木棺材，说柏木生长时间长，木质细，耐沤，埋在土里一百年都不会坏。还说柏木棺材只有我母亲才配得上，也做得起。母亲没有采纳别人的建议，而是为自己做了一副红松木的棺材。母亲定是精心构思过，反复比较过，在多种木材中，她决定用红松木给自己盖大堂屋。母亲不像一般的农村妇女，母亲是有主见的人。母亲的主见由此可见一斑。在做什么棺材的问题上，连一向自视颇高的三叔都插不上嘴。之所以选择红松木做棺材，母亲说了两个理由。这两个理由既让人信服，也让村里人眼湿。母亲说出的第一个理由是，她喜欢闻红松木的香味，以后可以天天闻。母亲说出的第二个理由是，柏木棺材太沉了，若是做一副柏木棺材，她担心会压着抬棺材的人。连后事都为抬棺材的人着想，这就是我们的母亲。母亲以她的行动，让我记住了一条做人的道理，这条简单的道理是：人不管到什么时候，都要为别人着想。

三叔多次说过，母亲的后事由他负责办理。母亲没提出什么反对意见，等于默认了三叔的说法。三叔的说法也传到了我们弟兄耳朵里，我们不大愿意听。并不是我们对三叔不信任，只是觉得在母亲还活着的情况下，就把母亲的后事说来说去，只会引起我们的不快。有一天母亲突然对我说，她有些生三叔的气。我以为母亲和我们一样，也不愿让三叔拿她的后事说事。我问母亲生什么气。母亲说出的生气原因是尚未发生的事实，是一种预想，一种担心。母亲担心三叔在办理她的后事时，让我们破费太大，花钱太多；还担心三叔会在一些程序上折腾我们兄弟俩。我劝母亲不要想太多，有些事情想得太多对身体不利。什么事情都是走一步，说一步，一步一步就走过去了。其实母亲所担心的事我也想到过，只是不愿意多想而已，偶尔想到一点，就自欺似的赶快回避了。比如花钱的问题。为母亲的后事，钱肯定是要花的。母亲对我们有恩，为母亲养老送终，这是我们当子女的责任。母亲在世时，我们时常给母亲一些钱。如果母亲下世了，我们再想给母亲钱，到哪里去给呢？可以说为母亲办后事花钱，是孝敬母亲的最后机会，我们会抓住这个机会。至于母亲所担心的三叔会折腾我和弟弟，我也明白母亲指的是什么。在少年和青年时代，我多次见过别人家为老去的人办后事。孝子须穿白鞋、戴孝帽，腰里要扎生麻批子，手里还要拄哀杖。为了邀请村里人参加逝者的葬礼，并到坟地里为逝者送行，孝子要走遍全村，挨家挨户去给人家跪下磕头。人家待在家里的不管是男是女，是大人还是孩子，进得院子，孝子只管磕头就是了。我记得我还在上小学的时候，一个叔辈的孝子进了我们家的院子，一见我就跪下给我磕头。那一磕让我吃惊不小，吓得我差点跑掉。那个叔叔高个子，说话大嗓门，平日是很厉害的。就因为他的母亲去世了，他就变得软弱起来，见到我们这样的小孩子也要磕头。母亲担心的就是这个，担心三叔会遵照老家的传统，让我和弟弟给人家下跪、磕头。我不知弟弟如何想，反正给人家下跪、磕头，对我来说的确是一件困难的事。我是一个自尊的人，给人家下跪，会不会有失自尊呢？我出来工作已三十多年，人也五十多岁，在村里成了爷爷辈的人，让我给人家磕头，我不知能否做得出来。我们村的孝子，不愿给人家磕头的人是有的。有一位中学教师，他母亲死后，他只带领族中人，到母亲坟前站成一排，三鞠躬就完了。他的做法被村里人说成不孝，并传为笑谈。好在教师死后，他的儿子没有像他那样“立新风”，而是按原有的风俗为其父亲办了后事。村里人说，人只有一死，这样办后事才像个样子。

人世间的有些事情真是让人难以预料，身体一向很好的三叔竟先我母亲而去。三叔不是病死的，按我们村里人的说法，是被电打死的。夏天，三叔用抽水机为他家的玉米地浇水。因有电源的地方离他家的地比较远，他得往地里拉长长的电线。电线外面裹有黑色的胶皮，有一处胶皮破了，漏了电。三叔浇完地，光着膀子往胳膊上挽电线时，就被电击中了。别看电无形无色无味，打起人来却相当厉害。电的拳法应该是霹雳拳吧，只那么一下子，就把三叔打倒在地。三叔什么都来不及想，什么都来不及说，就告别了他还算喜欢的人世。等人们发现三叔时，电线漏电的地方还在三叔的胳膊上咬着，已把三叔的半边身子烧得不成样子。三叔信誓旦旦地要负责办理我母亲的后事，大概自以为他有两个优势：一是年龄上的优势。他比我母亲小十几岁。二是身体上的优势。我母亲得了大病，做了大手术，他能吃能干，身体一点毛病都没有。不承想任何优势都是脆弱的，一不小心，优势顿时化为乌有。其结果是，要为我母亲操持后事的三叔，自己的后事先出来了。我没有参与办三叔的后事。天气炎热，三叔的儿子没通知我，就把三叔送走了。母亲在城里治病，也没能为三叔送行。

得知三叔突然去世的消息，母亲的心情自然很沉重。母亲叹了气，又叹气，说这叫啥事呢，该死的人不死，不该死的人说死就死了。谁都听得出来，母亲说的该死的人是她自己，不该死的人是三叔。好像三叔一死，就没有合适的人选办理她的后事了，这让母亲甚感失落。母亲跟我讲了三叔的一些往事。三叔刚出生，他的父亲就失踪了。是三叔的母亲吃苦受罪把三叔养大的。三叔这一辈子过得也不容易。母亲对电也提出了自己的看法。说过去人老几辈子没用过电，日子也不见得过不去。现在有了电，照明浇地啥的倒是方便了，人也死在电手里了。母亲的结论是，不管到了啥时候，不管人使用了啥好东西，有一利必有一害。

母亲病重的时候没住在医院，是住在开封弟弟家里。我丢下手头的一切事情，在母亲的床头支一张小床，日夜陪护母亲。母亲后来对我很依赖，一会儿看不见我，就显得有些焦躁。只要我在她身边，好像她的生命就能持续存在。那段时间，是我们母子俩说话最多的时候。我们看见雨说雨，看见雪说雪，想起什么就说什么。有一次，母亲对我说起，她是小时候死过一次的人，能活到如今这个岁数，已经赚了很多。五六岁时，她胸口长了一个大疮，疮肿得像葫芦，最大的膏药片子都贴不住。都说疮怕不出头，一出头就好了。谁知道呢，她胸口的疮出头以后，越烂越大，烂得都收拾不住了。她的父亲带她去找医生，医生一看就摇头，说没治了，把孩子带回家吧。医生还悄悄对她父亲说，给孩子做个匣子吧。所谓匣子，就是小型的棺材。未成年人死了，所用的殓物都是说匣子，不说棺材。母亲说她记得很清楚，她的父亲背着她往家里走时，她不能像别的孩子一样，双手搂着大人的脖子，趴在大人背上。因胸口的疮是一个大障碍，她只能胸口朝外，和父亲背靠背。父亲拽着她的双手，一直弯着腰，才把她驮回家。到家后，父亲没有把她往屋里床上放，而是把她放到院子里一个柴草垛上去了。父亲一边找人给她做匣子，一边等她死。她也知道自己活不成了，就在柴草垛上狠哭。哭累了，就睡着了。醒过来，再哭。就那样哭哭睡睡，她的一口气没有断，疮口长出了红肉芽，竟活了下来。母亲还对我说，她刚生下我时，又长过一回大疮，这回是长在腿上。几个孩子，她最心疼的是我，却没有好好地给我喂奶。我刚满月，因她身上起了疮，奶就没有了。她是把馍掰碎，泡成糊糊，把我喂大的。听母亲对我讲她两次长疮的经历，我联想到，母亲这次之所以病得这样厉害，也是被疮害的。只不过前两次长疮是长在身体外部，这次却是长在身体内部。前两次都出了头，这次只是肿，只是越长越大，越长越多，却始终不肯出头。这应了我们那里的一句话，叫人怕出头，疮怕不出头。我似乎明白了，不出头的疮指的可能就是万恶的肿瘤啊！

母亲的病情一天比一天恶化，镇痛的药物已镇压不住她的痛。母亲咬牙忍着，尽量不把疼痛的表情显露出来。母亲在重病中仍保持着自尊。母亲的脚是从小缠了半道放开的，属于人们所说的那种“解放脚”。母亲认为自己的脚不好看，一天到晚穿着袜子，连睡觉时都不愿把袜子脱下来。我对母亲说，夜里起来小解一定要叫醒我，我扶她下床。其实那时我睡得非常警醒，母亲一有动静，我立即就醒了。有一天夜里，我听见母亲床上窸窸窣窣响，知道母亲要下床。我让母亲慢点，我来扶她。母亲刚说不用，便一下子摔倒在床前的地上。我赶紧上前扶起母亲，不敢对母亲有半点埋怨。这天天将明，母亲跟我说，人死后，后事里有一项程序叫押魂。押魂的目的，是把死者的灵魂，从家里引出来，送到村外去。押魂的做法，是死者的子女全部出动，点起一捆庄稼秆子做火把，到村头的十字路口去烧纸。在整个押魂的过程中，有一点最重要，要求死者的大儿子在往村头走时必须抱一只活着的大公鸡；待烧完纸往回走时，大儿子必须搦紧公鸡的脖子，一股劲儿把公鸡搦死。公鸡的魂代表凤凰的魂，有凤凰的魂可乘，死者架起凤凰，就可以飞走了。

母亲的话让我心里一寒，我意识到，这是母亲在具体地教我怎样办后事。母亲的大儿子不是别人，正是我啊！不知为何，我不愿听母亲跟我说这些话。也许我还在欺骗自己，不愿承认母亲的远去即将成为事实。也许我不愿受人摆布，对母亲的后事以及在后事中担负的任务有畏惧心理。也许我在想象中正被村里人围观。反正一听到母亲说这些话，我莫名地焦躁起来。我说：现在办后事怎么搞得那么复杂，以前好像没有那么复杂呀。这都是因为现在的人钱多了，钱一多，繁文缛节就多了。我还说：活活把一只公鸡摁死，未免太残忍了吧。母亲大概听出了我的焦躁，没有再说什么，一句话都没说。

母亲是在我们老家去世的。母亲明确说过，她不能老在城里，只能老在家里。我和弟弟都在城里安了家，母亲不认为是她的家，只有农村老家才是她的家。2003 年，眼看到了春节，母亲对我说：我觉着我过不去这个年，咱回家吧。我安慰母亲：没问题，您就准备好好过年吧。刚过了春节，母亲又催着回家，说她恐怕过不去正月十五。母亲的心思我懂，她在意的还是她的后事，只有回到老家刘楼，村里人才能参与她的后事，才能给她送行。过罢元宵节没几天，我和弟弟就把母亲送回老家去了。母亲病得又瘦又小，当弟弟把母亲抱下车时，母亲有一个举动把我吓得一惊，母亲竟奋力挥着胳膊，高喊了两声。乍一听，我以为母亲是疼痛难忍才喊的。我很快明白过来，这是母亲在告知村里的人，她回来了。

村里人陆陆续续到我家看望母亲。不管是比我母亲辈分低的，还是辈分高的；不管是年轻的，还是年老的，凡是能走动的人，都到床前跟母亲说话。母亲一直保持着清醒状态，当来人问她：您知道我是谁吗？母亲很快就能说出对人家的称呼。母亲还跟人家说，谁谁来了，谁谁来了。村里人都来看望母亲，这让母亲感到欣慰。这大概就是母亲所希望的，也是母亲所需要的。

阳历到了三月，阴历到了二月。就在阴历二月初二那一天，天突然下起了大雪。农谚说：二月二，龙抬头。意思是说，到了二月二，天就该下雨了。可是，那年的二月二下的却是雪。雪下得还不小，一下就是铺天盖地。房坡上的瓦，刚才还是黑的，一转眼就被大朵大朵的雪花覆盖。院角的一棵尚未发芽的椿树本来枝杈分明，不一会儿，枝不见枝，杈不见杈，树上像开满了满树的白花。屋子里人待不下，堂弟用大面积的帘子布在院子里搭了一个篷子，篷子上面的雪越积越厚，终于承受不住，轰然倒塌。弟弟后来对我说，篷子倒下的那一刻，他就有了不祥的预感。就在当晚的后半夜，也就是阴历二月初三（阳历三月五日）的零点二十分，我们辛劳了一生的母亲永远离开了我们。

从此以后，母亲再也看不见我们，我们再也不能跟母亲说话，不管我们什么时候回家，家里都没有了母亲，我们一下子成了没娘的孩子。我们怎么办？我们悲痛，我们绝望，外面大雪纷飞，我们兄弟姐妹只能围跪在母亲灵榻前放声痛哭。

几天来，我们的眼泪在眼皮里包着，一说话就喉头发哽，一开口就想掉泪。我们知道母亲将不久于人世，但我们使劲忍着，不敢哭，不敢掉眼泪。我们怕哭出来不吉利。如今母亲走了，我们没有了什么可忌讳的，再也不必压抑着自己，无不哭得泪水滂沱，痛彻心肺。

我们的哭声惊动了村里的乡亲，他们冒着大雪，纷纷来到我家劝慰我们。有两个婶子，一边劝我别哭得那么狠，一边分别拉着我的胳膊，想把我拉起来。其中一个婶子说：你娘早就跟我交代过，说你这孩子心太重，等她百年之后，让我一定把你看紧点，不让你哭得太厉害，别哭得背过气去。婶子一说我就明白了，我的小弟弟病死时，我曾哭得浑身抽搐，背过气去。是村里的一个老先生给我扎了一针，我才缓过气来。婶子不这么说还好，听婶子这么一说，我悲上加悲，痛上加痛，喊着娘啊娘啊，哭得更加昏天黑地。我想把自己哭死算了。

痛哭也是一种能力。随着年龄的增长，我曾怀疑自己还有没有痛哭的能力。母亲的逝世，让我知道我痛哭的能力还保持着。在为母亲办后事期间，我的嘴仿佛失去了说话的能力，只剩下哭的能力。我哭得嗓子嘶哑，几乎发不出声来。我也没想到自己的眼泪会有那么多，泪水涌流了再涌流，老也流不尽，好像我整个人都变成了泪水的容器。我双眼红肿，两只眼睛肿得只剩下两道细缝，看什么都是泪眼，看什么都模糊不清。我像突然变了一个人一样，变得极其脆弱、极其小，小得像一个孩子。我同时变得前所未有的顺从，对什么都不拒绝。我三叔不在了，村里还有别的堂叔。堂叔让我做什么，我就做什么。我头上戴了用生白布缝制的孝帽子，腰里扎了白布带子和生麻批子，手里提了用麻秆做成的哀杖。代代相传的后事文化彻底把我武装起来，让我知道了文化并不是软东西，文化在有的时候会变得很强大。在去村头的十字路口烧押魂纸时，他们交给我一只挺大个儿的活公鸡。烧完纸往回走，我便扼紧公鸡的脖子，一股劲儿把公鸡扼死了。在去全村各家各户磕头之前，堂叔担心我跪不下去，把我叫到一边，专门跟我谈了话，强调了规矩的重要，让我遵守规矩。我先跪下给堂叔磕了一个头，流着眼泪，哽咽着让堂叔放心。堂叔大概没想到我会这样，眼圈一下子红了。

我们的村子膨胀得很厉害，从面积上讲，一个村子几乎变成了两个村子。由两个堂弟分别带领我和弟弟，我从村西磕起，弟弟从村东磕起，挨家挨户去磕头。我们不必说什么，由堂弟把人家从屋里喊出来，我们只跪下给人家磕头就是了。雪不下了，但地上有积雪和泥泞。不管是雪是泥，我全然不顾，跪到哪里算哪里。没有人逼迫我，我愿意给人家磕头。如同痛哭是我的需要，磕头也是我的需要。我心里想的是我母亲，我跪下双膝，低下头颅，磕头是为母亲所磕。我裤腿上沾满了泥，两只手上也沾满了泥。这样很好，泥使我有了一种回归的感觉。接受我磕头的人一点都不惊奇，他们所说的话几乎是一样的，一是让我赶快起来吧，二是表示马上到我家里去，参加我母亲的葬礼。我对每一个人都心怀感激。

母亲的灵柩出殡时，全村的男男女女、老老少少都加入了送殡的队伍。麦地里的积雪一片白，四个唢呐班子一起吹着哀伤的曲子，母亲的孩子都哭得悲恸欲绝。泪眼蒙眬中，我仿佛看到了母亲。我想，一贯重视人的后事的母亲，对她的后事应该是满意的。

2011 年 2 月 14 日至 28 日

图书在版编目(CIP)数据

我就是我母亲：陪护母亲日记/刘庆邦著. —郑州：河南文艺出版社，2017.12（2020.7 重印）
ISBN 978-7-5559-0584-4

Ⅰ.①我… Ⅱ.①刘… Ⅲ.①日记-作品集-中国-当代 Ⅳ.①I267.5

中国版本图书馆 CIP 数据核字(2017)第 244420 号

选题策划 陈 静
责任编辑 陈 静
书籍设计 刘运来
责任校对 梁 晓
插　　图 马东敏

出版发行 河南文艺出版社
本社地址 郑州市郑东新区祥盛街 27 号 C 座 5 楼
邮政编码 450018
承印单位 河南瑞之光印刷股份有限公司
经销单位 新华书店
开　　本 889 毫米×1194 毫米 1/32
印　　张 10.5
字　　数 156 000
插　　页 20
版　　次 2017 年 12 月第 1 版
印　　次 2020 年 7 月第 2 次印刷
定　　价 42.00 元

印厂地址 河南省武陟县产业集聚区东区(詹店镇)泰安路
邮政编码 454950 电话 0391-2527860